O PRIMEIRO AMOR E OUTROS PERIGOS

Marçal Aquino

Ilustrações
Marcelo Martins

editora ática

Este livro apresenta o mesmo texto das edições anteriores

O primeiro amor e outros perigos
© Marçal Aquino, 1995

Editor	Fernando Paixão
Editora assistente	Carmen Lucia Campos
Preparador	Antonio Maria da Mota
Coordenadora de revisão	Ivany Picasso Batista
Revisora	Cátia de Almeida

ARTE
Editor	Marcello Araujo
Editoração eletrônica	Antonio Ubirajara Domiencio

CIP-BRASIL. CATALOGAÇÃO NA FONTE
SINDICATO NACIONAL DOS EDITORES DE LIVROS, RJ
A669p
3.ed.

Aquino, Marçal, 1958-
 O primeiro amor e outros perigos / Marçal Aquino ; ilustrações Marcelo Martins. - 3.ed. - São Paulo : Ática, 1999.
 136p. : il. - (Vaga-Lume)

 Contém suplemento de leitura
 ISBN 978-85-08-05716-0

 1. Amor - Literatura infantojuvenil. 2. Novela infantojuvenil brasileira. I. Martins, Marcelo, 1959-. II. Título. III. Série.

10-5684.	CDD: 028.5
	CDU: 087.5

ISBN 978 85 08 05716-0 (aluno)
CAE: 226822
CL: 732096

2025
3ª edição
24ª impressão
Impressão e acabamento: Forma Certa Gráfica Digital
Código da OP: 286299

Todos os direitos reservados pela Editora Ática S.A.
Av. das Nações Unidas, 7221 – CEP 05425-902 – São Paulo, SP
Atendimento ao cliente: 4003-3061 – atendimento@aticascipione.com.br
www.coletivoleitor.com.br

IMPORTANTE: Ao comprar um livro, você remunera e reconhece o trabalho do autor e o de muitos outros profissionais envolvidos na produção editorial e na comercialização das obras: editores, revisores, diagramadores, ilustradores, gráficos, divulgadores, distribuidores, livreiros, entre outros. Ajude-nos a combater a cópia ilegal! Ela gera desemprego, prejudica a difusão da cultura e encarece os livros que você compra.

Cuidado! o perigo está por perto!

Os amigos Vinícius, Bianca e Fernando estão felizes da vida: o Agora, jornalzinho que eles lançaram no colégio, é o maior sucesso. Ninguém fala de outra coisa!

Só que nem tudo é festa: Fernando e Bianca estão namorando, para tristeza de Vinícius, secretamente apaixonado pela garota.

Os três já estão pensando na próxima edição do Agora quando de repente uma morte misteriosa abala a cidade. Os jovens jornalistas acompanham o caso e, sem saber do perigo que estão correndo, acabam fazendo descobertas terríveis...

Prepare-se para muita emoção nesta história de amor e perigo, tudo em dose suficiente para fazer disparar qualquer coração.

Conhecendo Marçal Aquino

Paulista da cidade de Amparo, Marçal Aquino apaixonou-se muito cedo pela palavra escrita, seja como leitor voraz que sempre foi, seja como escritor. Hoje jornalista experiente e autor de sucesso, Marçal pode ser encontrado com frequência conversando com seus jovens leitores nas muitas escolas que visita.

Foi nesses encontros que ele observou que, além de comentários e sugestões, um pedido se repetia: escrever uma história de amor, "um romance". Aproveitando algumas lembranças do seu tempo de estudante, como um jornal-mural cheio de fofocas mandadas por um misterioso colaborador e um outro jornal mais sério chamado Agora, Marçal escreveu um livro emocionante sobre amor, amizade, perda e separação. Sentimentos que nos ajudam a compreender melhor o mundo e principalmente nós mesmos.

Sumário

1. Agora, um jornal de sucesso — 9
2. Um velho "esquisito" — 17
3. O "padrinho" do jornal — 23
4. Sábado de cão — 26
5. O Sombra ataca — 31
6. Encontro com o gigante — 36
7. Retiro espiritual — 42
8. Um feriado inesperado — 48
9. Adeus ao professor — 55
10. Quarta-feira de luto — 59
11. Reportagem noturna — 68
12. Presos numa ratoeira — 75
13. Falta um aluno na classe — 83
14. Conversa na Mil Coisas — 91
15. A fantasia de cada um — 96
16. Perigo na noite — 106
17. Segredos revelados — 114
18. Uma dupla do barulho — 120
19. A identidade do Sombra — 129
20. Cada coisa em seu lugar — 133

*Para Allan Vieira da Rocha,
que criou o verdadeiro* Agora.
*E à memória de Paulo Roberto
Ferreira, meu amigo.*

O PRIMEIRO AMOR E OUTROS PERIGOS

"O amor? Pássaro que põe ovos de ferro."
> Guimarães Rosa,
> *Grande sertão: veredas*

1

Agora, um jornal de sucesso

Quando saiu o primeiro número do jornal *Agora*, ninguém conseguiu falar de outra coisa no Colégio Paulo Ferreira. Era começo de ano, época em que não falta assunto para os colegas que se reencontram depois das férias. Mas, nas rodinhas de alunos que se formavam na cantina do colégio, pelos corredores e mesmo dentro das salas de aula, o tema das conversas era um só: o jornal lançado por três alunos do segundo ano.

Vendo que o *Agora* ainda causava agitação entre os estudantes até na hora da saída do colégio, Bianca sorriu, satisfeita. O trabalho que ela, Vinícius e Fernando, a equipe responsável pela criação do jornal, tinham feito valera a pena: o *Agora* era um sucesso. Bianca saboreou aquela visão por mais alguns segundos, enquanto prendia seus cabelos loiros num rabo de cavalo e caminhava em direção à cantina do colégio. Ela havia combinado reunir-se com seus dois companheiros depois das aulas, para fazer um balanço do lançamento do jornal. E estava encarregada de pegar lanches para todos.

— E aí, pessoal, não falei que ia ser um sucesso?

Com esta frase, Bianca entrou na sala onde funcionava a "redação" do *Agora*. A sala ficava no fim de um corredor, no segundo andar do prédio, ao lado da biblioteca do colégio, e havia sido utilizada no passado como depósito de cadeiras e mesas velhas. Os dois companheiros de equipe estavam tão radiantes quanto ela — e, depois de pegar a bandeja com os lanches e colocá-la sobre uma mesa, Vinícius abraçou-a demoradamente. Em seguida foi a vez de Fernando fazer o mesmo. E o sorriso desapareceu do rosto de Vinícius quando ele notou que, além do abraço, Bianca e Fernando se uniram num beijo apaixonado. Ele bem que tentou disfarçar, forçando um sorriso tão verdadeiro quanto uma nota de 30 reais. Mas não funcionou. O casal percebeu no ato o espanto do colega.

— Que cara é essa, Vi? — perguntou Bianca, que tinha o costume de chamar todo mundo pelas duas primeiras letras de cada nome. — Eu e o Fê estamos namorando. Pintou, sabe como é?

— E a gente fez questão de que você fosse o primeiro a saber — disse Fernando, que continuava abraçado à garota.

— Ah, que bom. Pa... parabéns — conseguiu dizer Vinícius, ainda com cara de quem descobre metade de um bicho numa goiaba que acabou de morder.

Houve alguns segundos de um silêncio constrangedor, que pareceu durar horas, em que os três permaneceram se entreolhando. Por fim, ainda desenxabido, Vinícius murmurou:

— Bom, vamos falar do jornal?

Muita gente no Colégio Paulo Ferreira sabia que Vinícius era apaixonado por Bianca havia bastante tempo — mais precisamente desde o sexto ano, quando se tornou amigo inseparável dela e de Fernando. A timidez, porém, sempre impediu que ele se declarasse. Cabisbaixo, Vinícius ocupou uma cadeira, sem coragem de encarar seus dois companheiros de equipe, que estavam sentados lado a lado e de mãos dadas.

— Fala a verdade: você não esperava por isso, não é?

A pergunta de Fernando fez com que Vinícius levantasse a cabeça para olhá-lo. Para seu desconforto, imaginou, o outro ainda comentava o namoro. Foi difícil falar:

— Que cara é essa, Vi? Eu e o Fê estamos namorando — anunciou Bianca.

— Nã... Não esperava...

— Ah, mas eu esperava, sim. Sabia que o pessoal ia adorar o jornal.

Só no instante em que ouviu a frase de Bianca foi que Vinícius percebeu que Fernando estava se referindo ao jornal.

— Que iam gostar, eu também sabia. O que eu não imaginava é que fosse fazer tanto sucesso. Muita gente acabou ficando sem o jornal e eu tive que brigar muito para segurar o meu exemplar — disse Fernando, mostrando um *Agora* meio amassado.

— Pelo jeito vamos ter de aumentar o número de jornais na próxima edição. Que que você acha, Vi?

Vinícius teve um sobressalto ao notar que Bianca o encarava. Por mais que tentasse, não conseguia concentrar-se na conversa, pois seu pensamento estava muito distante da garota à sua frente, que permanecia segurando a mão do rapaz cuja pele bronzeada contrastava com seus olhos verdes. Ele se esforçava para lembrar-se de cada detalhe dos dias de férias que havia passado ao lado dos dois, cuidando da preparação do jornal. Era inútil: não conseguia recordar nenhum indício de que um namoro estava se iniciando. Se soubesse que isso ia acontecer, Vinícius pensou, teria vencido a timidez e conversado com Bianca sobre o que sentia por ela.

Ao imaginar essa cena, sentiu um frio na barriga: como a garota teria reagido? E se ela não quisesse nada com ele? Afinal, em seu julgamento, Fernando o superava em tudo: era o melhor jogador de vôlei do colégio, enquanto ele só conseguia entrar no time quando faltava alguém; o amigo tinha ótimas notas em quase todas as matérias e recebia elogios da maioria dos professores, ao passo que ele podia considerar-se um aluno apenas mediano. E, ao contrário do que acontecia com ele, sempre tímido e desajeitado com as meninas, Fernando fazia muito sucesso junto à ala feminina, em especial nas festas e bailes promovidos pela escola. Por tudo isso,

Vinícius pensou, tentando se consolar, era natural que Bianca escolhesse o amigo para namorar. Mas a verdade é que ele se sentia traído pelos dois, como se fosse obrigação deles avisá-lo que iriam começar a namorar. Bianca voltou a falar:

— Você está se sentindo bem, Vi?

— Hã, claro, estou bem — ele mentiu, procurando ganhar tempo. — O que foi mesmo que você perguntou?

— Credo, Vi, como você está aéreo. Eu estava falando que a gente vai ter que aumentar o número de exemplares na próxima edição.

— É verdade, ouvi muita reclamação de gente que acabou ficando sem o jornal — disse Vinícius, conseguindo sintonizar sua atenção na conversa.

— Sem falar do pessoal que queria saber em que time o Betinho vai jogar. Vocês precisavam ver a quantidade de gente que me procurou para perguntar isso — comentou Fernando, que se levantara para pegar um sanduíche, entregando outro para a namorada. — Deu um trabalhão convencer todo mundo de que eu também não sei o nome do time.

— Ora, Fê, é só aguardar o próximo número do *Agora* — brincou Bianca.

O primeiro número do jornal tinha publicado uma entrevista com Betinho, do nono B, artilheiro do time de futebol do colégio nos Jogos Escolares. Bom de bola, Betinho era um ídolo para os colegas — e essa adoração com certeza iria aumentar ainda mais depois da entrevista. Nela, o artilheiro revelava que, nas férias, tinha feito um teste num grande clube de São Paulo e, em breve, deixaria a escola e a cidade para jogar no time de juniores desse clube da capital. Betinho só não dizia o nome da equipe em que iria atuar: na entrevista, o futuro craque afirmava que, por superstição, preferia guardar essa revelação para quando tudo estivesse efetivamente acertado. Isso provocou grande agitação entre os alunos do Paulo Ferreira. Os torcedores do Palmeiras estavam certos de que o colega iria vestir a camisa verde de seu time. Já os corintianos apostavam que o destino do pequeno artilheiro seria o Timão. E os são-paulinos não deixavam por menos: para eles, Betinho logo apareceria usando a camisa 9 do glorioso tricolor. Até entre os professores esse assunto era motivo de apostas. E embora assediado por todos, Betinho permanecia num silêncio irredutível. O *Agora* aumentava ainda mais a expectativa, informando que sua próxima edição acabaria com o mistério, trazendo a grande revelação.

Vinícius também pegou um sanduíche, embora estivesse sem vontade nenhuma de comer naquele momento. Depois voltou a sentar-se.

— Não é por nada, não, mas o jornal ficou mesmo um barato — Fernando colocou seu sanduíche de lado e abriu seu exemplar do *Agora*, como se o estivesse vendo pela primeira vez.

Seu olhar percorreu a página que havia causado mais discussão entre os estudantes. Era aquela ocupada pela coluna "Na minha opinião", em que dois alunos defendiam pontos de vista diferentes sobre um assunto polêmico. No primeiro número do *Agora* o tema era: "Homem deve ou não usar brincos?" Rafael: um grandalhão do primeiro ano, tinha escrito que era contra, chegando a lançar dúvidas sobre a masculinidade de rapazes que penduravam argolas na orelha. Coube a Soninha, sua colega de classe, defender a opinião contrária, escrevendo que não via nada de mais no fato de homens usarem brincos — seu namorado usava e ela podia garantir que ele não tinha nenhum problema de masculinidade. Finalizando seu texto, Soninha lembrava que "ciganos e piratas sempre usaram brincos. E eu nunca soube de ninguém macho o suficiente para duvidar deles por causa disso".

Fernando também releu com grande prazer a página intitulada "Correio", que publicava anúncios, ofertas e recados dos estudantes. André, do terceiro ano, por exemplo, procurava interessados em formar uma banda de rock. Cíntia, do nono A, colocava à venda os filhotes de sua cadela Duda, uma husky siberiana, enquanto Cláudia, do oitavo B, publicou um pequeno poema, dedicado a um certo A.

— Bom, acho que está na hora de pensar no segundo número — disse Vinícius, ao mesmo tempo que se levantava, aproximando-se da janela. A visão do pátio vazio da escola aumentou ainda mais sua sensação de desamparo.

Bianca perguntou:
— Vamos usar o mesmo esquema?
— Ué, ele funcionou direitinho, não foi? — lembrou Fernando, que comia com grande apetite. — Acho que a gente deve dividir as tarefas do mesmo jeito...

Com isso, Fernando queria dizer: ele e Bianca se encarregariam de procurar os colegas de escola para produzir textos e entrevistas, além de recolher material para a coluna "Correio" e para a seção "Na minha opinião". A Vinícius, como no número de estreia do jornal, caberia fazer contato com lojas e comerciantes da cidade para conseguir os anúncios que cobriam as despesas de produção do *Agora*. (Era ele também que fazia as fotos que seriam publicadas, já que fotografia era sua grande paixão desde criança.) Em seguida, os três se reuniriam na casa de Bianca, onde usariam o computador do pai dela para escrever os últimos textos e finalizar a edição do jornal. Daí era só levar para a gráfica.

Ainda incomodado com a descoberta do namoro de Bianca e Fernando, Vinícius tentava disfarçar seu mal-estar. Sem encarar o casal, ele se virou e começou a falar:
— Seria legal se eu pudesse fotografar o Betinho vestido com a camisa do time...

Mas foi interrompido por Bianca:
— Alguém aqui viu o professor Eusébio hoje?
— É mesmo — exclamou Fernando —, a gente nem se lembrou de falar com ele...

— Imagino que ele também deve estar muito feliz com o jornal — continuou Bianca, agora olhando para Vinícius.
— É... Muito feliz...

Foi a única coisa que Vinícius conseguiu balbuciar, tratando de evitar o olhar dela. Fernando parou de mastigar por um instante e também olhou para o colega. Havia algo parado no ar — e os três tinham percebido isso. Mas procuravam disfarçar, cada qual à sua maneira.

Bianca, envergonhada:

— O pior é que esquecemos de guardar um exemplar para ele.

Fernando, idem:

— Que coisa chata, gente. Afinal, ele ajudou muito a gente.

Vinícius, pegando seu jornal:

— Não se preocupem. Eu dou o meu pra ele e depois vejo se consigo mais alguns exemplares lá na gráfica.

2
Um velho "esquisito"

O homem de quem eles falavam era um dos professores mais queridos do colégio. Com seus cabelos e barba grisalhos, Eusébio Guedes era uma espécie de pai para todos os alunos, que sempre o procuravam quando tinham algum problema — mesmo que não estivesse relacionado com o Português, matéria que ele lecionava no Paulo Ferreira. E o jornal *Agora* era um bom exemplo disso.

Quando soube que Bianca, Fernando e Vinícius estavam pensando em criar um jornal, o velho professor não só deu seu incentivo, como acabou se envolvendo no trabalho. No primeiro número, ele havia corrigido os textos e contribuído com várias sugestões sobre os assuntos que o jornal deveria publicar. O professor Eusébio, na verdade, tinha orgulho de ser uma espécie de "padrinho" do *Agora*.

No momento em que os três discutiam o segundo número do jornal, o professor estava sentado a uma mesa da Mil Coisas, uma lanchonete localizada no centro da cidade. Depois de uma manhã bastante atarefada, Eusébio Guedes não tivera disposição para preparar seu almoço e decidira contentar-se com um sanduíche. Vestia uma calça jeans surrada, camisa xadrez e usava sandálias. Seus cabelos brancos estavam cuidadosamente penteados e a barba aparada. Enfim, um homem simples — ou "sem luxos", como costumava dizer —, embora muita gente na cidade e no próprio Colégio Paulo Ferreira o considerasse um sujeito esquisito.

Eusébio sentia fome e ficou satisfeito quando percebeu que o lanche que havia pedido estava a caminho, trazido por Alfeu, o dono da Mil Coisas, que gostava de fazer o papel de garçom para poder aproximar-se e conversar com seus fregueses.

— Salve, mestre. De folga hoje? — Alfeu saudou-o, colocando o prato com o sanduíche na mesa, ao mesmo tempo que puxava uma cadeira.

— É, este ano eu não terei aulas nas manhãs de segunda — informou Eusébio, olhando com apetite para o lanche.

— Ai, que inveja, professor — disse Alfeu, apoiando o queixo em uma das mãos. — Gostaria de tirar uma folga de vez em quando. Mas, como o senhor sabe, não dá pra deixar a lanchonete na mão dos empregados. Tenho que estar aqui de segunda a segunda. Isso é muito cansativo...

— Hum, imagino que sim — Eusébio murmurou, enquanto mordia o sanduíche.

O dono da Mil Coisas permaneceu alguns segundos em silêncio, observando o professor comer. Alfeu fazia parte do grupo que o considerava um homem estranho. E por que o velho professor era classificado de "esquisito" por algumas pessoas? Talvez porque vivia solitário num casarão enorme perto da praça principal desde que tinha vindo morar na cidade, dez anos antes. Ou por causa de sua mania de ter em casa gaiolas com fotos de passarinhos em seu interior (é que, embora adorasse os pássaros, o velho professor sempre dizia que eles deviam permanecer livres, e por isso preferia colocar fotos nas gaiolas; o próprio Vinícius já havia fotografado para ele um lindo sabiá-laranjeira). É possível ainda que as pessoas reprovassem seu costume de falar sozinho enquanto andava pelas ruas da cidade — embora muita gente tenha

— Salve, mestre. De folga hoje?

esse hábito e nem por isso seja considerado "esquisito". Enfim, basta alguém fazer alguma coisa diferente da maioria para ser classificado como "esquisito" ou "estranho". As pessoas são assim.

— E o seu trabalho sobre o *nosso* poeta, como anda? — perguntou Alfeu, o que fez Eusébio Guedes interromper a refeição e colocar o sanduíche no prato.

— Você não pode imaginar, Alfeu... Me aconteceu uma coisa incrível esta manhã... — os olhos do professor adquiriram um brilho diferente.

O dono da Mil Coisas esperou que Eusébio dissesse mais alguma coisa, mas o velho professor, depois de um sorriso enigmático, pegou novamente o sanduíche e voltou a comer.

O professor Eusébio tinha uma grande paixão: a poesia, especialmente a obra de um poeta chamado Sandoval Saldanha. Tanto que havia dedicado boa parte de sua vida a estudar os versos desse autor, que publicou um único livro enquanto viveu. Foi por causa de Sandoval Saldanha, aliás, que Eusébio tinha deixado São Paulo para viver nesta cidade. Quando decidiu recolher informações para escrever uma tese sobre a poesia de Sandoval, o professor havia feito uma visita à cidade natal do poeta. E gostou tanto do que viu que arrumou emprego no Colégio Paulo Ferreira e acabou fixando residência no lugar, passando a morar no mesmo casarão onde, no passado, tinha vivido Sandoval Saldanha (um motivo a mais para falarem de suas esquisitices). Em uma década de pesquisas, Eusébio Guedes conseguira algumas coisas importantes. Foi por sua insistência, por exemplo, que o prefeito deu o nome de Sandoval Saldanha a uma rua da cidade. Está certo que se tratava de um beco sem calçamento localizado no subúrbio. Mas e daí? O que interessa é que Sandoval fora homenageado e, justiça seja feita, graças aos esforços do velho professor. Ele sabia que:

a) as cidades costumam esquecer rapidamente seus poetas;

b) santo de casa não faz milagre mesmo: Sandoval era estudado em muitas universidades do Brasil, mas na cidade onde havia nascido era ignorado;

c) em geral, os prefeitos preferem colocar nomes de políticos nas ruas.

— Mas me conta: o que foi que aconteceu de tão incrível assim? — Alfeu insistiu, pois havia ficado curioso, especialmente por causa do brilho que surgira nos olhos do professor.

— Ah, Alfeu, eu quase caí duro — Eusébio disse, interrompendo outra vez o lanche e arregalando os olhos.

— Meu Deus, mas o que foi?

O professor usou um guardanapo de papel para limpar os lábios e ficou por alguns instantes em silêncio, como se quisesse criar suspense.

Em seguida disse:

— Um tesouro, meu caro. Um tesouro.

— Do que o senhor está falando? — Alfeu franziu a testa.

— As coisas são muito engraçadas, Alfeu. Sabe que só hoje, aproveitando a manhã de folga, eu resolvi fazer uma limpeza no sótão da minha casa — coisa que eu vinha adiando há muitos anos.

— E daí? — a curiosidade espetava o dono da Mil Coisas.

— Daí que, no meio do monte de badulaques que estavam no sótão, eu encontrei um tesouro deixado por Sandoval Saldanha.

— Um tesouro? O senhor está querendo dizer coisas de valor?

Eusébio Guedes olhou para o vazio, como se passasse por um transe; seu rosto estava febril:

— Muito valor, meu caro.

— Que é isso, o senhor deve estar brincando... — os lábios de Alfeu produziram um riso nervoso e ele puxou a cadeira para mais perto da mesa. — E cadê esse tesouro?

Foi a vez de Eusébio sorrir:

— Calma, Alfeu. Não é assim tão simples. Tenho que tomar algumas providências antes de revelar ao mundo essa descoberta.

Alfeu encarou-o, mas a atenção do velho professor tinha voltado para o resto do lanche, que ele passou a mastigar lentamente.

— Um tesouro, quem diria... — Alfeu falou, como se conversasse consigo mesmo. — Então agora o senhor é um homem rico...

Havia um certo tom de ironia na última frase dita pelo dono da Mil Coisas. Eusébio Guedes respondeu com outro sorriso enigmático, antes de colocar o último pedaço do sanduíche na boca.

— E não só eu, mas muita gente vai ficar rica, meu caro — o professor disse, por fim, consultando seu relógio. — Nossa! Já estou atrasado. Me vê a conta, por favor.

Alfeu fez um sinal para o caixa e depois se debruçou na mesa, aproximando-se mais de Eusébio Guedes, como se fosse fazer uma confidência:

— O tesouro é tão grande assim, mestre?

O professor levantou-se, olhou para a conta que um garçom tinha trazido até a mesa e colocou o dinheiro sobre ela. E, depois de apanhar sua pasta, arrematou a conversa com Alfeu:

— Você nem imagina como ele é grande, meu caro. Espere só pra ver. Agora preciso ir, tenho um compromisso no colégio.

Sem dizer mais nada, Eusébio Guedes virou as costas e saiu da lanchonete Mil Coisas. Enquanto o garçom recolhia a conta e limpava a mesa, Alfeu levantou-se e caminhou até a porta. E acompanhou com o olhar a figura grisalha que se afastava com passos rápidos. "É mesmo um homem muito esquisito", ele pensou. E, nesse momento, a curiosidade transformava seu rosto num grande ponto de interrogação.

3

O "padrinho" do jornal

O professor Eusébio chegou ao Colégio Paulo Ferreira e dirigiu-se direto às escadas que conduziam ao segundo andar do prédio. E, com os mesmos passos apressados, atravessou o corredor até chegar à sala onde funcionava a redação do *Agora*. Depois de dar duas batidas na porta, ele entrou. Com seu melhor sorriso.

— Imaginei que vocês estariam aqui. Estou orgulhoso de vocês, meninos. O jornal está espetacular. Parabéns.

Ao mesmo tempo que disse a frase, ele abraçou Bianca, Fernando e Vinícius, como se fossem os filhos que nunca teve. Em seguida, o velho professor sentou-se numa cadeira e Vinícius se aproximou para entregar-lhe seu exemplar do jornal. O sorriso no rosto de Eusébio pareceu ficar ainda maior:

— Agradeço, filho, mas eu tenho uma confissão a fazer a vocês.

Os três se entreolharam. O professor tirou seu cachimbo do bolso do avental e pôs-se a enchê-lo de fumo lentamente. E só então falou:

— Eu não aguentei a expectativa. E ontem à noite passei na gráfica para ver como o *Agora* tinha ficado.

E, retirando um exemplar do jornal de sua pasta, completou:

— Não resisti e peguei esse aqui para mim. Espero que vocês não fiquem zangados com o meu atrevimento. Mas, como eu falei, não aguentei esperar até hoje. O jornal está lindo, meninos.

Bianca se curvou e beijou o rosto feliz do professor Eusébio, que tirava longas baforadas do cachimbo.

— Ora, o senhor tem todo o direito, professor — ela disse, recebendo um olhar de cumplicidade de Vinícius e de Fernando. — Afinal, trabalhou tanto quanto a gente para que isso desse certo.

— Isso é um exagero, Bianca. Eu apenas dei meu incentivo. Vocês é que trabalharam. Por falar nisso, já estão pensando no próximo número?

— Estamos justamente discutindo como é que vai ser — informou Fernando, mostrando as anotações que havia feito.

— Muito bem... cóf, cóf — o professor Eusébio tossiu, engasgando com a fumaça do cachimbo. — Mas me contem uma coisa: em que time o Betinho vai jogar?

Os três riram da pergunta.

— Ué, eu sou curioso como todo mundo...

— A gente ainda não sabe, professor. Amanhã vamos fazer outra entrevista e então ele vai revelar isso — informou Vinícius, ainda rindo. — Pelo jeito o senhor também vai ter que esperar pelo próximo número do *Agora* para saber isso, professor.

Eusébio Guedes também riu. E disse:

— Acredito que só se falou disso hoje aqui no colégio...

— O senhor nem imagina quanta gente me procurou por causa disso — lembrou Fernando, com um ar divertido.

— Isso é um ótimo sinal, Fernando. Prova que o jornal fez muito sucesso e despertou o interesse de todos. Acho até que, daqui pra frente, vocês nem precisarão procurar seus colegas atrás de colaborações para o jornal. Eles mesmos trarão os textos, vocês vão ver.

— Ih, professor, um monte deles já avisou que vai mandar material — Bianca comentou.
— Está vendo? — Eusébio comentou, enquanto apagava o cachimbo e se levantava. — Sabem de uma coisa? Talvez eu mesmo tenha uma ótima reportagem para o jornal...
— Sério? Sobre o quê? — quis saber Fernando.
O professor sorriu, misterioso. E, encarando os três, falou:
— É a minha vez de fazer segredo, eh, eh...
— Ah, professor, isso não vale — protestou Bianca.
— Por enquanto só posso adiantar que se trata de algo relacionado ao poeta Sandoval Saldanha. Um tesouro, meninos, um tesouro.
— Puxa! E quanto tempo vamos ter que esperar? — perguntou Vinícius, também mordido pela curiosidade.
— Não sei, Vinícius. Uns dias, talvez. Vamos ver...
Fernando fez uma careta de frustração. E propôs:
— Não dá pra adiantar alguma coisa pro jornal?
A resposta de Eusébio Guedes foi outro sorriso. Logo depois, o velho professor despediu-se da equipe do jornal e saiu, deixando um mistério flutuando no ar da sala.

4
Sábado de cão

Quem procura agitação na cidade não pode deixar de passar pela lanchonete Mil Coisas, que funciona como ponto de encontro da juventude nos finais de semana. E naquela noite de sábado, como de costume, o charmoso sobrado com paredes decoradas por pôsteres de bandas de rock estava fervilhante. O barulho era tanto que quase não dava para ouvir direito o rapaz que se apresentava com um violão na parte de cima da Mil Coisas.

Alheio a todo esse movimento, Vinícius estava isolado numa mesa de canto da lanchonete. Basta imaginar alguém deslocado — como, por exemplo, um esquimó que desembarcasse por engano em pleno sertão do Ceará — para ter-se uma boa ideia de como ele estava se sentindo. Olhando para Vinícius sozinho numa mesa, o pessoal mais antigo diria que ele estava na maior fossa. Triste, é assim que ele estava, muito triste. E o motivo dessa tristeza tinha seis letras: B i a n c a. Onde estaria ela naquele momento, Vinícius se perguntava, levantando a cabeça e observando os rostos alegres que passavam para lá e para cá na Mil Coisas. Nesse momento, o rapaz do violão começou a cantar uma música antiga dos Paralamas do Sucesso e, de imediato, o pessoal o acompanhou, numa explosão alegre de vozes e palmas. "E o meu erro foi crer que estar ao seu lado bastaria. Ah, meu Deus, era tudo o que eu queria. Eu dizia o seu nome, não me abandone jamais." A letra serviu para aumentar ainda mais a melancolia de Vinícius. Ele sentiu que iria chorar a qualquer momento. Mas era tímido até para dar este vexame. Então se levantou e foi ao banheiro.

Vinícius permaneceu um bom tempo em frente ao espelho. O ruído da música e das vozes agora chegava abafado até seus ouvidos. Não havia como disfarçar: o rapaz de cabelos castanhos encaracolados que ele via no espelho era o retrato perfeito de alguém triste. Vinícius se curvou na pia e lavou o rosto e, nesse instante, a porta do banheiro foi aberta, trazendo para dentro o ruído de festa da Mil Coisas. Ele percebeu que foi Fabinho, seu colega de classe, quem entrou.

— E aí, cara, tudo em cima? — perguntou o recém-chegado, dando um soco amistoso no ombro de Vinícius.

— Tudo — ele respondeu, enquanto enxugava o rosto com toalhas de papel.

— Como é, vamos dar uma esticada na danceteria?

— Ih, rapaz, não estou com pique, não — Vinícius disse, amassando as toalhas e atirando-as no cesto de lixo.

— O que foi, cê tá doente? — Fabinho franziu a testa e examinou de perto o rosto do colega.

— Nã... não, quer dizer, estou com uma baita dor de cabeça.

— É, cê tá com uma cara terrível mesmo...

Vinícius olhou de relance para o espelho, preocupado com a possibilidade de que houvesse em seu rosto alguma coisa que denunciasse o fato de estar apaixonado. Mas a paixão não é como a catapora ou o sarampo. Não deixa marcas, pelo menos exteriores. Aliviado, ele se preparou para deixar o banheiro.

— Bom, já estou indo. Valeu, cara — Vinícius retribuiu o soco no ombro do amigo.

Antes de abrir a porta, ainda teve tempo de ouvir uma última frase de Fabinho. Que provocou o mesmo efeito de uma unha sendo arrancada. Sem anestesia:

— E a Bianca e o Fernando, onde é que andam? Eles vão pintar aqui?

Vinícius não conseguiu evitar o rancor:

— Por que eu deveria saber?

— Nossa, cara. Desculpe. Eu só perguntei porque vocês três não se largam...

"Eu é que deveria pedir desculpas", Vinícius pensou. Mas, em lugar disso, falou:

— Eu estou indo. Tchau.

Fabinho também disse "tchau" e ficou olhando espantado para a porta que o amigo tinha acabado de fechar. Se falasse sozinho, como o professor Eusébio, Fabinho teria dito algo assim: "Eu não sei que bicho mordeu o Vinícius. Mas deve ser bem grande".

Pedindo licença e, ao mesmo tempo, empurrando o amontoado de pessoas, Vinícius foi saindo da Mil Coisas. Quando conseguiu chegar à porta da lanchonete e se preparava para sair, ouviu uma voz feminina:

— Vinícius!

Na hora, Vinícius sentiu um friozinho subindo pela barriga, adivinhando quem seria a dona daquela voz que o chamava. Ele se voltou, na esperança de avistar, no bolo de gente que se formava à porta da Mil Coisas, aquela pessoa que atendia pelo nome de seis letras mencionado há pouco. Mas, oh, decepção, não era Bianca quem o chamava. Era Vânia. Que perguntou:

— Você já está indo embora?

Vânia era ruiva, tinha cabelos compridos, olhos azuis e um punhado de sardas no rosto. E também estudava no Paulo Ferreira. Gatinha é o mínimo que os rapazes diziam quando falavam dela na escola (eles também usavam outras palavras, que não fica bem repetir aqui). Vânia saiu do aglomerado de gente e caminhou na direção de Vinícius, acompanhada por Valéria, uma morena alta igualmente digna de nota (nota dez, no caso). Mas ele não demonstrou nenhum interesse pelas duas.

— É que eu estou com uma dor de cabeça danada — Vinícius disse para elas, fazendo uma expressão de dor (falsa, diga-se de passagem) e passando a mão pelos cabelos.

— Se você quiser, eu tenho uma aspirina aqui na bolsa — ofereceu Valéria, além de um sorriso.

— Não, obrigado. Eu vou pra casa mesmo...

— Que pena — lamentou Vânia, tentando provocá-lo com o comentário.

Vinícius corou um pouquinho, mas se despediu das duas. Vânia e Valéria observaram enquanto ele se afastava e depois se entreolharam, como quem diz "fazer o quê?" Em seguida as duas voltaram para a multidão na frente da Mil Coisas. Na verdade, nem mesmo Ana Rita, eleita "Miss Colégio Paulo Ferreira" no ano anterior, iria interessar a Vinícius naquela noite de sábado. Ele só tinha cabeça para a Bianca. E foi para casa com ela. Sim, *com ela* — porque a carregava dentro de si.

Em casa, Vinícius mal disse boa-noite para os pais, que assistiam a uma fita de vídeo, e subiu direto para seu quarto. Nem ouviu a mãe perguntar se ele queria comer alguma coisa.

Vinícius abriu a janela do quarto, que dava para o quintal da casa, tirou os sapatos e deitou-se na cama. Depois, ligou o rádio que ficava na cabeceira, atrás de alguma música que o interessasse. Por fim, desistiu e desligou o aparelho. E ficou deitado, olhando para a pintura manchada do teto. Ele tinha calculado que, com o tempo, iria se acostumar a ver Bianca e Fernando como namorados. Mas calculou mal: a coisa estava piorando. Os três tinham estado juntos praticamente o tempo todo naquela semana. Primeiro durante as aulas, e depois cuidando do segundo número do jornal *Agora*. Prepararam uma nova entrevista com Betinho e, enquanto fazia as fotos do futuro craque, Vinícius notou que Bianca e Fernando não paravam de trocar beijinhos e afagos. Parecia provocação. E Fernando, então? Vinícius só lembrava de tê-lo visto tão feliz quando o time do Paulo Ferreira ganhou o campeonato colegial de vôlei e Fernando fez o último ponto da decisão com seu potente saque.

Levantando-se da cama, Vinícius abriu o armário e pegou a caixa em que guardava suas fotos, espalhando sobre a cama aquelas em que Bianca aparecia. E eram muitas: Bianca na piscina do clube, de biquíni e cabelos molhados; Bianca sorrindo na excursão que o colégio fez a Ouro Preto; Bianca e Fernando, fingindo que estavam disputando uma queda de braço sobre uma mesa na varanda da casa dela; Bianca e Verônica, uma colega de classe, fantasiadas para um baile de carnaval no clube; Bianca fazendo careta para a câmera, e em outras dezenas de poses. Vinícius ficou saboreando cada uma daquelas imagens, lembrando-se do momento em que as havia registrado. Por ser ele o fotógrafo, não existia uma foto sequer em que aparecesse em companhia dela. "Não estou nem aqui com ela", ele pensou, amargo.

Depois de um bom tempo vendo e revendo as fotos, Vinícius recolheu-as e colocou a caixa de volta no armário. E aí resolveu dormir. Como se fosse conseguir isso com facilidade. Para encurtar a história de uma noite longa, basta dizer que ele ficou virando de um lado para outro na cama, ouvindo gente que passava na rua de madrugada, os sinos da igreja de hora em hora, e o canto dos galos que não folgam nem aos domingos. Quando acordou, Vinícius sentiu alívio por ter se livrado daquele sábado de cão. E estava esperançoso de que o domingo fosse um dia diferente. Mas não foi, não. Ele pensou em Bianca o dia inteiro.

5

O Sombra ataca

Segunda-feira é um dia com olheiras. Na opinião de muita gente, esse dia da semana deveria ser proibido pelo Ministério da Saúde. Além de sonolento, Vinícius estava irritado durante as aulas, em especial porque reparou que Bianca tinha trocado de lugar na sala com Ana Rita e passou a sentar-se ao lado de Fernando. E, depois das aulas, seu tormento continuou, porque ele, Bianca e Fernando permaneceram no colégio para finalizar o material que seria publicado no *Agora* n° 2.

Na sala que eles usavam no segundo andar do colégio havia uma mesa, quatro cadeiras, um velho armário e um belíssimo pôr de sol decorando a parede — ideia de Bianca, que mandou ampliar uma foto antiga feita por Vinícius. No chão, esperando por eles, havia um envelope que alguém enfiou por baixo da porta e que trazia a seguinte mensagem datilografada: Para a equipe do jornal *Agora*.

Foi Fernando o primeiro a notar o envelope, quando os três entraram. Ele vibrou com a novidade:

— Que legal! Alguém mandou material para o *Agora*.

Curiosos, Vinícius e Bianca se aproximaram e passaram a ler, por cima do ombro de Fernando, a folha de papel que ele retirou do envelope:

Coluna do Sombra

O Sombra está de olho em vocês. E vê tudo.

* Bem que a Ana Rita jogou todo o charme que tem pra cima de um rapaz de São Paulo que estava na danceteria outro dia. Mas ele nem deu bola pra ela. Será que o moço é cego? Ela é uma miss, gente!

* Betinho está indo embora pra SP. Tem uma coleguinha na classe dele que está muito tristinha por causa disso. O nome dela começa com F.

* Eu não gosto de fofoca, mas no sábado o Vinícius estava pra lá de arrasado na Mil Coisas. Por que será, hein?

* E já que falei na Mil Coisas, quem agitou barbaridade por lá foi a Vânia. Ela tentou de tudo pra arranjar companhia. Mas foi pra casa sozinha. Coitadinha.

* A Valéria deu mais sorte. Ficou a noite inteira na maior agarração com um loirinho. Depois eu descubro o nome dele e informo aqui, tá?

* Custou, mas o Fernando e a Bianca resolveram assumir o namoro. Casalzinho demorado, né? Agora parece que estão querendo tirar o atraso e não se largam. Que coisa!

* Quem será o misterioso A pra quem a Claudinha dedicou sua poesia? Será o Alfredo, do 9º B? Ou o André, do primeiro ano A? Talvez seja o Haroldo do 8º B, e nesse caso alguém precisa avisar a Claudinha que o nome dele começa com H e não com A.

* Quer dizer que o Rafael acha que homem que é homem não deve usar brinco? Sei não. Eu me lembro que ele saiu vestido de mulher uma vez no carnaval. Como é que fica?

Bom, gente, por hoje é só. No próximo número eu volto com mais fofocas, epa, quero dizer, novidades. Me aguardem

— Meu Deus! A gente vai publicar isso aqui?

Estarrecida com o que tinha acabado de ler, Bianca disse a frase e sentou-se na cadeira, como se estivesse passando mal. Fernando releu as frases datilografadas, ainda sem acreditar no que estava vendo.

— Mas quem é esse Sombra? — ele perguntou, olhando para Vinícius.

Vinícius estava mudo. E vermelho como um pimentão. Quando leu a menção à sua passagem no sábado pela lanchonete, ele sentiu o rosto arder. Com esforço, conseguiu dizer:

— Se a gente publicar isso vai dar o maior rolo...

— É muita fofoca junta. Como é que pode? — Fernando balançava a cabeça, sem deixar de reler a página.

— O Vi tem razão — opinou Bianca. — Tem gente que não vai gostar nem um pouco de ler essa coluna. O Rafael vai...

Fernando interrompeu a namorada:

— E não é só ele, Bianca. Imagine quando a Valéria e a Vânia lerem isso aqui...

— E o que vamos fazer? — perguntou Vinícius, que também havia ocupado uma cadeira.

Antes que alguém dissesse qualquer coisa, duas batidas na porta anunciaram a chegada do professor Eusébio Guedes.

— Como é que é, meninos, o segundo número do jornal já está pronto para eu fazer as correções?

Não havia ninguém melhor para aparecer naquele momento. E, rapidamente, Fernando contou ao professor o que estava acontecendo, mostrando-lhe o papel. Eusébio Guedes sentou-se, colocou os óculos e começou a ler a "Coluna do Sombra". E, para espanto dos três, o velho professor passou a rir à medida que lia os comentários. No final da página, ele estava gargalhando. Tanto que precisou tirar os óculos para enxugar os olhos.

— Muito divertida essa coluna, pessoal — disse o professor, ainda rindo.

— O senhor acha? — quis saber Bianca, ainda sem entender a reação do professor Eusébio.

— Acho sim. Faz tempo que não leio uma coisa tão engraçada. E ninguém pode negar que esse Sombra é alguém muito bem informado, Bianca. Quem será ele?

— Aí é que está, professor. A gente já encontrou isto aqui na sala quando chegou — informou Fernando, enquanto mostrava o envelope. — Não dá pra saber quem é que escreveu a coluna.

— Bem pensado. Estou gostando muito desse Sombra — comentou o velho professor, enquanto guardava os óculos de leitura no bolso do avental e pegava seu cachimbo.

— Pra mim isso não passa de um amontoado de fofocas... — opinou Fernando, arrastando sua cadeira para mais perto de Bianca.

Eusébio Guedes acendeu o cachimbo e olhou para Vinícius:

— E você, Vinícius, o que acha?

— Hã? — ele assustou-se com a pergunta do professor, pois estava distraído, olhando para Fernando, que acariciava a mão da namorada. — Bom, eu acho que esta coluna vai dar encrenca...

— Bobagem, rapaz. Aposto que o pessoal vai se divertir muito com esse Sombra — o professor criou uma nuvem de fumaça com suas baforadas. — Aliás, por que vocês não lançam um concurso pra ver se alguém consegue descobrir quem é esse Sombra? Garanto que vai causar muita agitação e promover ainda mais o jornal. E tem uma pista boa aqui: reparem como a letra "n" da máquina que foi usada está desalinhada. Meninos, isso aqui é melhor do que qualquer gincana.

Os três continuavam relutantes.

— Eu estou com o Vi: acho que a gente não deve publicar essa coluna, não — Bianca disse a frase e olhou para Fernando, como se esperasse seu apoio. Que veio na hora:

— É verdade. É bem capaz do pessoal pensar que somos nós mesmos que estamos fazendo isso.

Eusébio Guedes devolveu a página a Fernando. Levantou-se, deu alguns passos pela sala e depois voltou-se, encarando-os:

— Não adianta discutir. Vocês vão ter de publicar. Afinal, não pediram a colaboração dos colegas? Pois é, aqui está uma. E muito bem bolada, por sinal. Se não publicarem a coluna, vocês estarão sendo desleais com seus colegas. Pensem nisso.

— A gente falou em colaboração, não em fofocas — retrucou Fernando, colocando a folha sobre a mesa.

— Questão de ótica, Fernando — ponderou o professor. — Publiquem e vamos ver o que acontece. Será um sucesso, você vai ver. Todo mundo vai querer saber quem é o Sombra.

— Sombra, que bobagem... — desdenhou Bianca, levantando-se para olhar mais uma vez a coluna.

Eusébio Guedes consultou seu relógio:

— Bom, eu tenho que ir. Por favor, não me decepcionem. Se vocês não publicarem, vou ser obrigado a me afastar do jornal. E sem cortar nenhum dos comentários, certo?

A frase provocou uma troca de olhares entre Bianca, Fernando e Vinícius. Eles sabiam que o velho professor estava falando sério. E, naquele instante, perceberam que não haveria jeito: a "Coluna do Sombra" iria estrear no *Agora*. Eusébio Guedes dirigiu-se para a porta, mas, antes de sair, ainda perguntou:

— E o Betinho, afinal em que time ele vai jogar?

— No São Paulo — informou Bianca. — Ele conta isso na entrevista que vamos publicar.

— Droga! — exclamou o professor, fazendo uma careta.

— Ué, o senhor torce para outro time? — perguntou Vinícius, rindo pela primeira vez naquele dia.

— Não é isso. É que eu apostei com o professor Glauco que ele iria para o Palmeiras. E perdi um bom dinheiro...

6

Encontro com o gigante

Rafael subiu as escadas para o segundo andar da escola saltando os degraus de dois em dois. Bastava uma rápida olhada para perceber que ele levava a sério a prática da musculação. Era um rapaz alto, que usava os cabelos muito curtos, quase raspados, o que contribuía para dar a seu rosto um aspecto meio selvagem. E era forte. Muito forte. Para se ter uma ideia de seu físico, digamos que ele seria uma ótima opção de ator se alguém resolvesse fazer um filme sobre a juventude de Arnold Schwarzenegger.

Quando chegou ao segundo andar, Rafael estava bufando. Não pelo esforço feito, mas de raiva. E, com a mesma disposição com que subiu as escadas, ele transpôs a distância do corredor até uma determinada porta ao lado da biblioteca. Na mão, carregava um exemplar amassado do jornal *Agora* nº 2. A porta estava apenas encostada. Mas, se estivesse trancada, Rafael teria entrado do mesmo jeito. Era o seu estilo.

Bianca, Fernando e Vinícius estavam reunidos para avaliar as reações dos colegas ao segundo número do jornal, que havia sido distribuído na manhã daquela sexta-feira. E tomaram um tremendo susto quando aquele gigante invadiu a sala. O susto foi maior ainda por causa da expressão de Rafael. Era idêntica, eles se lembraram na hora, à que ele exibia quando acabou com um baile promovido pela escola, um ano antes. Tudo porque alguém resolveu tirar para dançar uma garota que ele estava paquerando. Foi um quebra-quebra geral.

— Muito engraçado — Rafael disse, encarando os três. — Quem é o Sombra?

— Espera aí, Rafael — Fernando adiantou-se, tentando acalmar a fera. — Não vá fazer nenhuma bobagem...

— Bobagem é o que vocês escreveram de mim, isso sim. Qual de vocês é o Sombra?

Bianca se levantou e se aproximou. Ela estava certa de que Rafael não teria coragem de fazer alguma coisa contra uma mulher.

— A gente também não sabe quem é ele — Bianca disse.

E descobriu muito rápido que estava errada em sua avaliação sobre o gigante. Ganhou um violento empurrão de Rafael, que quase a jogou de costas contra a parede. Vinícius deu um pulo e ficou cara a cara com o colega musculoso — descontados os centímetros a menos que tinha de altura.

— Ei, o que é isso? Calma, rapaz, não precisa ser estúpido desse jeito — o próprio Vinícius desconhecia onde tinha arranjado coragem para encarar Rafael. — É isso mesmo que a Bianca falou: a gente não sabe quem é o Sombra.

Rafael pegou Vinícius pela camisa, ergueu-o do chão com extrema facilidade. Sacudiu-o e depois devolveu-o ao solo, enquanto falava:

— Conversa fiada! Querem que eu acredite nisso? Vocês pensam que eu sou idiota?

Bianca, Fernando e Vinícius pensavam. Mas, claro, ninguém disse isso. Medindo o risco que corria, Fernando colocou a mão no ombro de Rafael:

— É verdade, cara. Nós recebemos um envelope anônimo com essa coluna.

— E publicaram assim mesmo? Ah, vá contar essa pra outro — reagiu Rafael, fechando os punhos e amassando ainda mais o jornal que segurava.

— Vocês pensam que eu sou idiota? — perguntava Rafael, nervoso.

— Pensa um pouco, Rafael — pediu Vinícius, ainda sentindo os dedos do colega em seu peito —, se um de nós fosse o Sombra, a gente não teria sido mencionado na coluna. Nossos nomes também foram citados, pode conferir.

— É isso mesmo — interveio Bianca, tentando dar força ao argumento de Vinícius.

Rafael permaneceu imóvel alguns segundos, como se pensar exigisse dele um grande esforço. Ele olhou para o que restava do jornal em sua mão:

— É, mas pode ser um truque, pra despistar...

Fernando quase sorriu, satisfeito por perceber que Rafael começava a se acalmar. Agora era só lidar com cuidado:

— Ora, Rafael, estamos tão bronqueados quanto você. Mas, juro, a gente não faz a menor ideia de quem seja esse Sombra.

— O que acontece é que tivemos de publicar a coluna. Afinal, pedimos a colaboração de todos para o jornal. Não foi assim com você, quando pedimos aquela opinião sobre os homens de brinco? — Bianca perguntou, percebendo que a raiva do gigante estava passando. — Que tal você escrever uma resposta para o Sombra?

— Não vou escrever nada — Rafael disse, rasgando seu exemplar do jornal e atirando os restos no chão. — Só vou avisar uma coisa: se o meu nome sair novamente na coluna, eu vou arrebentar um de vocês. Não quero nem saber se é o Sombra ou não, ouviram?

Bianca, Fernando e Vinícius olharam para ele em silêncio. Ninguém duvidava de uma promessa daquelas. Depois da frase, Rafael virou as costas e saiu, batendo a porta e provocando um estrondo.

— Ufa! Essa foi por pouco — comentou Fernando, sentando-se, aliviado. — Achei que ele ia moer a gente de pancada.

— Esse cara é uma ameaça à segurança pública — Bianca ria, mas ainda estava nervosa. — Lembram o que ele fez naquele baile?

— Bom, eu avisei que era melhor cortar a parte que falava dele na coluna, mas vocês dois não quiseram. Eu sabia que ia dar confusão — Vinícius havia se sentado sobre a mesa.

De fato, na terça à noite, quando os três haviam se reunido na casa de Bianca para preparar o jornal no computador, Vinícius insistiu em censurar alguns dos comentários do Sombra. Mas Bianca e Fernando não toparam, argumentando que o professor Eusébio iria se afastar se houvesse alguma censura. Resultado: a coluna fora publicada completa, tal qual o Sombra a havia escrito.

— E agora? O que vamos fazer se esse Sombra escrever mais alguma coisa sobre o Rafael? — perguntou Fernando, apanhando no chão pedaços do exemplar que havia sido destruído momentos antes.

— Ué, Fê, a gente corta na hora de publicar — sugeriu Bianca.

— Hum, é melhor mesmo. Ou então é bom contratar um guarda-costas para cada um de nós — brincou Vinícius, saltando da mesa.

— Olha só o que podia ter acontecido com o Sombra — disse Fernando, erguendo os pedaços do *Agora*.

— Bom, mas pra isso o Rafael vai ter de descobrir quem é ele primeiro — Vinícius espreguiçou-se, como se precisasse distender os músculos agora que o furacão tinha passado. — Vocês têm ideia de quem ele seja?

Bianca torceu os lábios. Fernando tinha um palpite:

— Já passou pela cabeça de vocês que o Sombra pode ser o professor Eusébio?

— Ah, que é isso, Fernando. Ele não ia perder tempo escrevendo fofocas... — Vinícius riu do absurdo da ideia. — É algum aluno da escola, tenho certeza.

— Espera aí, Vi. O Fê pode ter razão. Você lembra como ele praticamente exigiu que a gente publicasse a coluna? Pode ser ele, sim.

— Besteira. Ele não conhece tantos detalhes da vida de cada um fora da escola — Vinícius insistiu. — É só olhar a coluna pra ver isso.

Ele quase comentou que o professor Eusébio não tinha o costume de frequentar a Mil Coisas e, portanto, não poderia tê-lo visto lá naquele sábado, "arrasado" como a coluna tinha registrado. Mas Vinícius preferiu não lembrar esse fato, na tentativa de esquecer de vez a noite amarga que tinha vivido. Preferiu dizer:

— Tenho certeza de que o Sombra é algum aluno. Ou melhor, aluna.

— Aluna??? — perguntou Bianca, sem entender o raciocínio do companheiro de equipe. — Por que você acha isso?

— Porque só mesmo uma mulher pra gostar tanto assim de fofoca. Não é o Sombra. É a Sombra. Pode acreditar.

Bianca e Fernando riram. E ela atacou:

— Credo, Vi, que coisa mais machista. Vai me dizer que homem não gosta de fofoca...

— Bom, o Rafael, por exemplo, não gosta nem um pouco... — respondeu Vinícius, entrando no clima de gozação.

— Pois, pra mim, o professor Eusébio é bem suspeito — Bianca completou, enquanto se sentava para retomarem a reunião de avaliação do jornal.

— Ok, então vamos falar do *Agora* número três, enquanto aguardamos pelo próximo ataque do Sombra — sugeriu Fernando, rindo.

7

Retiro espiritual

Vinícius viveria um outro fim de semana sombrio. O tempo ajudou: o sábado de final de verão transformou-se subitamente num dia cinzento, coberto de nuvens. O outono parecia se antecipar — e combinava direitinho com o estado de espírito de Vinícius. Tanto que foi uma boa desculpa para ele passar a maior parte do tempo trancado em seu quarto, fazendo nada.

A surpresa foi um telefonema no começo da noite. Sua mãe bateu na porta do quarto e avisou que uma garota queria falar com ele. Vinícius saltou da cama e desceu a escada com a mesma velocidade que batia seu coração. "Seria ela?", ele pensou. Mas bastou pegar o fone, colocar no ouvido e dizer alô para suas esperanças virarem pó. Era Vânia, perguntando se ele não ia sair.

— Ah, acho que vou ficar em casa hoje — a voz dele tinha cor de desapontamento. — Sabe o que é, Vânia, estou aproveitando para botar as minhas fotos em ordem...

— E aquela dor de cabeça, passou? — Vânia perguntou, cheia de veneno.

— Que dor de cabeça?

— Ah, deixa pra lá. Por que a gente não vai até a danceteria, agitar um pouco?

— Desculpe, mas eu não estou a fim. Acho que eu não seria boa companhia hoje...
Vânia, maliciosa:
— Bom, nisso a gente pode dar um jeito, né?
Vinícius, fingindo-se de desentendido:
— Como é que é?
Vânia, recuando, que também ela não é boba de bancar a oferecida:
— Nada não. É que eu não quero que o Sombra diga que eu fiquei sozinha outra vez.
Vinícius, rindo:
— Ué, cadê a Valéria?
Vânia, confirmando o que o Sombra disse:
— Ah, ela está ficando com um menino que conheceu outro dia.
Vinícius, doido para encerrar logo aquele telefonema:
— Hum...
Vânia, fazendo beicinho:
— Bom, pelo jeito eu vou ficar sozinha hoje de novo...
Vinícius, fingindo consolar a amiga:
— E o resto dos meninos? O Cláudio, o Rafael?
Vânia suspirou. "Será que o Vinícius é muito distraído ou está fingindo que não entende o que estou querendo?", ela pensou, antes de falar:
— Vixe! O Cláudio é muito chato. E o Rafael, faça-me o favor, né? Ele não tem assunto pra cinco minutos de conversa.
— Que é isso, Vânia? O Rafael até que é interessante — brincou Vinícius, lembrando-se do encontro com a fera no dia anterior.
— Ô, *muiiito* interessante... Igual unha encravada.
Os dois riram. Depois, ficaram em silêncio. E foi Vânia quem arrematou:
— Bom, Vinícius, não vou tomar mais seu tempo. Pode voltar pro seu retiro espiritual. Se você mudar de ideia, me liga, tá?

Eles se despediram e Vânia desligou. Vinícius ainda ficou alguns segundos segurando o fone e pensando se não estava bancando o idiota ao recusar o convite dela. Por fim, colocou o fone no gancho e voltou para seu quarto.

Uma chuva fina molhou o domingo. Vinícius tinha planejado pegar a máquina e dar umas voltas pela cidade para fotografar. Mas a pouca luz do dia não ajudava. Depois do almoço, seus pais saíram e ele ficou perambulando pela casa, sem saber o que fazer. Tentou a televisão, mas não aguentou nem dois minutos. Aí, pegou um livro, mas a coisa também não funcionou: sem conseguir concentrar-se, ele precisava reler a todo instante as páginas que tinha acabado de virar. Por fim, resolveu: iria dormir.

Vinícius tinha acabado de pegar no sono quando a campainha acordou a casa do silêncio dominical em que estava mergulhada. Ainda entorpecido de sono, ele desceu cambaleando a escada, com um palavrão na ponta da língua para oferecer ao intruso que ousava se intrometer na calma de uma tarde chuvosa de domingo. Teve dificuldade para encaixar a chave na fechadura e, quando conseguiu abrir a porta, quase caiu de costas. Parada no portão, quem? Bianca. Ela mesma. Molhando sua beleza na chuva.

Bianca sorriu e disse "oi". Vinícius ficou tão atordoado que não teve qualquer reação. Limitou-se a ficar olhando por um bom tempo, ainda sem acreditar. Tanto que ela resolveu agir:

— E aí, Vi, vai me deixar aqui na chuva?

— Ah, me desculpe, Bianca. Venha, entre — ele se afastou da porta para dar passagem e ganhou um beijo no rosto, com direito ao cheiro bom de *shampoo* dos cabelos dela, que a chuva parecia ter acentuado.

— Não repare na bagunça — sem jeito, Vinícius usou a frase surrada e foi injusto, pois a sala estava na mais completa ordem.

Bianca sentou-se no sofá, enquanto ele ocupou uma poltrona, de modo a ficar de frente para ela.

— Domingão bom pra ficar em casa, né? — Bianca recostou-se preguiçosamente.

Era visível que ela estava mais à vontade do que ele, que, para começo de conversa, não sabia o que fazer com as mãos. Ficava a impressão de que Vinícius é que a estava visitando e não o contrário. Sem saber o que a garota viera fazer em sua casa, ele se esforçava para começar algum assunto, mas não encontrava as palavras. Ah, a maldita timidez. E Bianca parecia saborear com prazer esse momento, mantendo um começo de sorriso nos lábios e encarando-o de modo direto.

— Você deve estar curioso pra saber o motivo desta visita, não é?

A pergunta dela trouxe um pouco de alívio para Vinícius, que respondeu com um monossílabo:

— É...

— Na minha opinião, Vi, não pode existir segredo entre amigos, você não concorda?

— Claro.

— Pois então me conta: o que está acontecendo com você?

— Comigo? Nada, ora. Por que estaria acontecendo alguma coisa?

Ela avançou o corpo para a frente do sofá, de modo a ficar mais próxima dele, que teve a sensação de estar suando, apesar da temperatura amena.

— É que eu tenho achado você muito triste nos últimos dias... Você está com algum problema?

Para ganhar tempo, Vinícius olhou para as mãos e, aterrorizado, percebeu que de fato estava suando. Mas continuou fingindo que estava tudo sob controle:

— Problema, eu? Nãããgente...

Para piorar ainda mais a situação de Vinícius, Bianca segurou suas mãos antes de continuar falando, agora ainda mais próxima dele:

— Então por que você anda tão triste ultimamente?

Se pudesse, Vinícius teria até mesmo parado de respirar naquele instante. O que ele deveria fazer?

Com delicadeza, livrou uma das mãos e ergueu-a até o rosto de Bianca, acariciando-o. Depois avançou para os cabelos, fazendo seus dedos desaparecerem entre os fios úmidos. E, com a mesma delicadeza, puxou o rosto dela para mais perto do seu, tocando-o com os lábios. Livrando a outra mão, abraçou-a, agora com força, antes de fazer com que sua boca procurasse a dela.

De repente, Vinícius voltou à realidade, pois esta cena só estava acontecendo em sua imaginação. Era isso que ele deveria fazer, mas cadê coragem? Na realidade, ele continuava com suas mãos entre as dela e pensando numa boa razão para explicar a tristeza dos últimos dias.

— É impressão sua. Eu não estou triste — ele disse, deixando passar a oportunidade para abrir-se com Bianca.

— Ah, Vi, não minta pra mim — ela insistiu, usando o dedo indicador para tocar a ponta do nariz dele. — Até o Sombra falou isso, tá lembrado?

— Besteira...

Bianca soltou suas mãos — e Vinícius sentiu um misto de alívio e tristeza — e, em seguida, deixou o sofá para examinar uma foto que estava num porta-retratos sobre a prateleira. Mas continuou falando:

— Olha, Vi, você até tem o direito de não me contar nada. Mas eu sou sua amiga, pô, e acho que merecia saber se posso fazer alguma coisa pra te ajudar...

— Mas eu já falei, Bianca, não há nada de errado comigo — Vinícius também se levantou.

— Tá bom, vou fingir que acredito — ela se voltou e o encarou novamente.

E, em tom de brincadeira, disse:

— Você tem o direito de ficar em silêncio. Não é assim que os policiais falam nos filmes?

— É — Vinícius riu, sentindo a camisa colada nas costas pelo suor.
— Bem, eu já vou indo. Fiquei de passar na casa do Fê agora à tarde. Sabe que ele também acha que você está estranho? Principalmente agora que a gente está tão feliz com o jornal...
— Mas eu também estou feliz com isso...
Bianca caminhou até a porta.
— Pois não parece.
— Mas estou sim, pode acreditar — por dentro, Vinícius se lamentava que aquela visita estivesse chegando ao fim.
Bianca abriu a porta e ele se aproximou para o beijo de despedida.
— Que bom que a chuva parou — ela observou. E, depois de beijá-lo, ainda segurou-lhe o rosto entre as mãos. — Você me promete que se estiver com algum problema eu vou ser a primeira a saber?
Vinícius sentiu as pernas amolecerem. Mas permaneceu firme na mentira:
— Claro, Bianca. Mas já falei: está tudo certo comigo.
— Então tchau.
Vinícius a acompanhou até o portão e ficou olhando enquanto ela se afastava pela rua. Quando voltou para dentro de casa, ele sentia um bolo na garganta. E passou o resto do domingo revivendo a visita — sempre acrescentando à cena coisas que ele poderia, mas não tinha feito. O resultado era sempre uma sensação estranha. Como um jogador que perde um pênalti no último minuto de uma decisão de Copa do Mundo. E depois fica relembrando o lance, como se pudesse mudá-lo, fazendo o gol do título.

8

Um feriado inesperado

Na segunda-feira o céu permaneceu nublado, cinzento, compondo o cenário ideal para a desagradável surpresa que aguardava por todos no Colégio Paulo Ferreira. Eram oito e quinze da manhã quando Otávio, o diretor, abriu a porta de cada uma das classes e pediu que os alunos se dirigissem ao pátio, pois ele tinha um comunicado muito sério a fazer.

Foi um zum-zum geral, com todo mundo querendo saber o que estava acontecendo, mas o diretor, que estava mais carrancudo do que nunca, exigiu silêncio e insistiu:

— Por favor, não façam bagunça. Eu vou chamar o resto das classes e nós já vamos conversar.

Um a um os alunos foram saindo da sala e caminhando na direção do pátio. Era impossível evitar o falatório: todos estavam curiosos e especulavam sobre os possíveis motivos daquela estranha convocação. Quando as classes estavam reunidas no local, Otávio dirigiu-se para a frente dos alunos, andando devagar, com os braços para trás. Ao lado do diretor, que permaneceu cabisbaixo durante alguns segundos, postou-se o professor Glauco. Então Otávio ergueu a cabeça e olhou para aquela multidão. O silêncio era completo.

— Tenho uma notícia muito triste para dar a vocês. Preferia nunca ter de reuni-los aqui para esse tipo de coisa...

O professor Glauco se aproximou do diretor, que estava visivelmente emocionado.

— É que... É que uma pessoa muito querida não está mais entre nós...

Os alunos ficaram ainda mais inquietos porque tiveram a nítida impressão de que Otávio ia desmaiar. Glauco agiu rápido e o amparou. E o diretor, com lágrimas escorrendo por seu rosto, conseguiu concluir sua frase:

— O professor... O professor Eusébio... Ele faleceu...

Foi um choque geral. E uma grande confusão de gritos, com alunos chorando e se abraçando. Alguns permaneceram parados, com a boca aberta de espanto. Nesse instante, Otávio tinha se abraçado ao professor Glauco e chorava de forma descontrolada. Tanto que foi preciso a professora Lúcia, que exibia os olhos vermelhos e inchados, ir até a frente e completar o recado do diretor:

— Todo mundo deve voltar para as salas de aula, apanhar o material e ir para casa. As aulas estão suspensas por hoje.

Bianca chorava abraçada a Fernando, enquanto Vinícius caminhava ao lado dos dois em direção à classe. Pelos corredores era possível ouvir o choro que vinha das classes, onde alunos recolhiam cadernos e livros e iam saindo.

— Mas o que aconteceu, meu Deus? — Vinícius perguntava seguidas vezes, recebendo como resposta o olhar desconsolado de Fernando.

Quando os três saíram do colégio, a multidão de alunos estava se dispersando num silêncio nunca visto. Eles ficaram algum tempo parados ali, sem saber o que fazer. Ainda sem conseguir acreditar na notícia que tinha recebido, Vinícius lutava para conter as lágrimas. Fernando recordava a última vez que tinha visto o velho professor:

— Na sexta eu me encontrei com ele e falamos bastante do jornal número dois. Ele estava bem...

— Minha nossa, do que ele morreu? — perguntou Vinícius, mesmo sabendo que seus dois companheiros não tinham a resposta.

Bianca afastou os cabelos do rosto, assoou o nariz e falou, com a voz trêmula:

— Vamos até a casa dele. Quem sabe alguém lá saiba o que aconteceu com ele...

Era uma boa sugestão. E eles fizeram isso. Agora, Bianca caminhava de braços dados com Fernando e Vinícius. No momento em que se aproximaram da praça principal da cidade, perceberam que a muitos alunos tinha ocorrido a mesma ideia. E um grupo de estudantes cercava o casarão onde Eusébio Guedes morava. Ao lado do portão fechado havia um policial parado, como se montasse guarda.

Com dificuldade, Bianca, Fernando e Vinícius foram avançando em meio à pequena multidão de alunos e conseguiram chegar até o policial. Ao vê-los se aproximar, ele foi logo avisando:

— Ninguém vai poder entrar aqui, meninos. Ordem do delegado.

— Mas a gente só quer saber o que aconteceu — disse Fernando.

— Ué, o velho morreu — informou o policial, um homem gordo que tinha fama de violento. — E o corpo já foi levado para o necrotério. Não há nada que vocês possam fazer aqui.

— Morreu do quê? — quis saber Bianca, ainda fungando.

— Vocês não sabem? Ele se matou. É por isso que eu estou aqui. Ninguém pode entrar até que chegue a polícia técnica.

Foi outro choque para os alunos. E muitos voltaram a chorar. Uma das meninas desmaiou no aglomerado de gente, causando ainda mais confusão. Bianca e Fernando juntaram-se de imediato aos colegas, que tentavam socorrer a menina.

— Abram espaço — pediu Fernando, agachando-se ao lado de Rafael e Cláudio, que amparavam a cabeça da colega.

— Ela precisa respirar.

Vinícius permaneceu ao lado do guarda, olhando para a casa, como se ela tivesse respostas para suas perguntas.

— Mas como é que ele se matou? Ele não ia fazer um negócio desses...

O guarda, mantendo a expressão impassível de quem cumpre ordens sem questionar, disse:

— Ah, eu não sei detalhes, não. Só sei que ele se matou. Não era um velho muito esquisito?

Vinícius teve vontade de dizer que esquisito era ele, que devia estar se sentindo uma autoridade muito importante ali no portão, bloqueando-o com seu corpo obeso e sua farda desbotada. Mas achou melhor deixar pra lá, temendo arrumar encrenca com aquele homem sinistro. Nesse momento, Rafael e Cláudio conseguiram reanimar a menina que havia desmaiado e a carregaram para longe do casarão. Uma chuva grossa começou e fez com que os alunos se dispersassem. Vinícius ainda ficou algum tempo parado, olhando para o policial, que se mantinha de braços cruzados, imóvel sob a chuva. Em seguida notou que Bianca e Fernando haviam atravessado a praça e entrado na lanchonete Mil Coisas. E resolveu juntar-se a eles.

Os três ocuparam uma mesa na entrada da lanchonete, vazia àquela hora, e permaneceram em silêncio, olhando para o casarão do outro lado da praça. Algumas pessoas, surpreendidas pela chuva, cruzavam a rua apressadas, em busca de algum lugar para se abrigar. O tempo cinzento colaborava para dar um tom melancólico àquele final de manhã.

— Vão querer alguma coisa?

Vinícius, Fernando e Bianca olharam ao mesmo tempo para Alfeu, o dono da Mil Coisas, como se a pergunta feita por ele os tivesse despertado de um transe. Ninguém se deu ao trabalho de responder e Alfeu, percebendo o estado em que os três se encontravam, puxou uma cadeira e sentou-se ao lado deles.

— Caramba, quem diria que o velho Eusébio ia fazer uma coisa dessas, né? — ele falou, olhando também para o casarão.

— Mas ele se matou mesmo? — perguntou Vinícius, virando-se para o dono da Mil Coisas.

— Estão dizendo que ele se enforcou. Quando eu cheguei aqui de manhã, para abrir a lanchonete, tinham levado o corpo e aquele guarda já estava lá no portão.

— Mas como é que um negócio desses foi acontecer, meu Deus? — exclamou Bianca, cujos olhos estavam vermelhos e inchados.

— Vai ver o velho estava com algum problema... — comentou Alfeu, acendendo um cigarro. — Ou então ele não estava batendo muito bem da cabeça...

Fernando olhou com raiva para o dono da lanchonete, um homem de cabelos compridos e cavanhaque que começavam a ficar grisalhos. Alfeu percebeu a reação:

— Desculpe, rapaz, mas só posso pensar isso de alguém que comete um gesto desses...

— Que é isso, Alfeu? A gente convivia com o professor todo dia. Posso garantir que ele estava muito bem — interveio Vinícius, passando a mão pelos cabelos molhados.

— Aparências, meu amigo. A gente nunca sabe o que se passa no íntimo de cada um. Quem me garante que o velho não estava infeliz por causa de alguma coisa? Isso ninguém pode saber agora...

— Besteira. Qualquer um podia dizer que o professor estava muito feliz. Inclusive ele disse pra gente que estava muito perto de uma importante revelação sobre o Sandoval Saldanha — argumentou Vinícius, lembrando-se da conversa com Eusébio Guedes.

Alfeu sorriu ao ouvir a menção ao nome do poeta:

— Ah, a velha mania do professor Eusébio. E ele chegou a falar do que se tratava essa revelação?

— Não. Ele não chegou a nos dizer do que se tratava. Só sabemos que tinha algo a ver com o Sandoval — Fernando informou.

— O velho era fanático pelo poeta... Vocês sabiam que ele veio morar aqui por causa do Sandoval? — disse Alfeu, soprando a fumaça do cigarro para o alto. — Conseguiu até que dessem um nome de rua pra ele. Mas querem saber de uma coisa? Eu conheci o Sandoval Saldanha. Eu era menino, mas lembro bem de quando ele morreu. Não passava de um alcoólatra, isso sim. O máximo que conseguiu foi publicar aquele livrinho...

— Livrinho? — Bianca, irritada, interrompeu a frase de Alfeu. — O professor Eusébio sempre disse que Sandoval é um dos poetas mais importantes do Brasil. Tanto que sua poesia é estudada em várias universidades. Só aqui é que não dão valor pra ele...

— Olha, menina, ele até pode ser importante para quem não o conheceu. Pra mim, não passava de um pinguço. Nunca trabalhou na vida, só sabia beber. Nem sei como conseguiu escrever um livro.

Ninguém disse nada. E Alfeu continuou:

— Por causa da pesquisa que estava fazendo sobre o Sandoval, uma vez o professor veio conversar comigo. Contei pra ele tudo o que eu lembrava daquela época: eu era criança, mas nunca me esqueci das vezes em que vi o Sandoval caído pelas ruas, bêbado. Isso era muito comum. Sandoval nunca teve nada na vida. Esse casarão aí ele herdou da família, caso contrário não teria nem onde morar. Sabem o que o professor me disse quando eu contei essas coisas? Que os poetas são assim mesmo, vivem num mundo diferente do nosso. Besteira, isso sim. O que o sujeito precisa é trabalhar...

Todo mundo na cidade conhecia a história do dono da Mil Coisas. Filho de mãe solteira, Alfeu viveu uma infância muito pobre e trabalhou duro desde menino para conseguir sobreviver. Quando sua mãe morreu, ele tinha acabado de comprar a Mil Coisas.

Mas, naquele momento, seus comentários sobre o professor Eusébio Guedes e sobre o poeta Sandoval Saldanha iam desagradando cada vez mais a Bianca, Fernando e Vinícius. O clima na mesa só não piorou porque um homem entrou na lanchonete e Alfeu teve de levantar-se para atendê-lo. Bianca acompanhou seus movimentos com o olhar e comentou:

— Ô gente ignorante, meu Deus...

— Era isso que o professor Eusébio sempre falava do povo dessa cidade — lembrou-se Vinícius, ao mesmo tempo em que voltava a olhar para o casarão.

A chuva prosseguia forte. E o policial permanecia firme em frente ao portão. Feliz da vida, com sua farda e sua autoridade ensopadas.

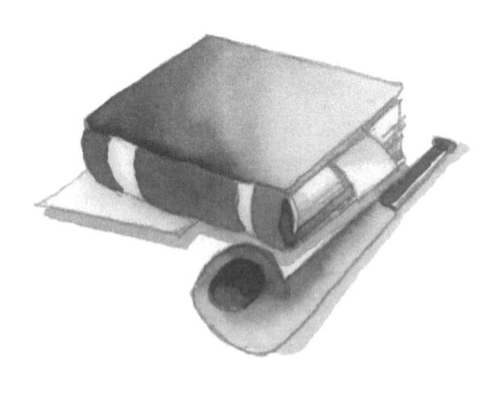

9

Adeus ao professor

Terça-feira, dez da manhã, cemitério da cidade. O céu estava carregado de nuvens escuras, que pareciam mais baixas do que o normal. A chuva dos dias anteriores dera lugar a um vento gelado, que agitava as árvores e assobiava ao passar entre as lápides e imagens de anjos encardidas pelo tempo. O grupo de estudantes, reunido em volta de uma sepultura aberta, estava encolhido por causa do frio.

Usando cordas, dois homens vestidos com macacões da prefeitura baixaram o caixão à sepultura. O diretor do Colégio Paulo Ferreira adiantou-se e, depois de pigarrear, iniciou sua fala de despedida ao professor Eusébio Guedes.

— Estamos aqui para dar adeus a um grande homem, um verdadeiro mestre dentro e fora da escola. Neste instante doloroso, eu acho que temos de nos lembrar com carinho dos momentos alegres que partilhamos com o professor Eusébio. E, sobretudo, temos de agradecer a Deus pelo privilégio de ter convivido com ele.

Otávio fez uma pausa, tentando controlar a emoção. Os professores e alunos presentes permaneceram em silêncio. Então ele prosseguiu:

— Estamos aqui para dar adeus a um grande homem, um verdadeiro mestre dentro e fora da escola.

— O professor Eusébio não tinha parentes e nem por isso era um homem sozinho, porque aqui, na nossa cidade, ele encontrou sua família... Que somos todos nós.

Ao ouvir essa frase, Vinícius olhou de lado e reparou que só havia professores, estudantes e funcionários do colégio no cemitério. De fato, nenhum parente de Eusébio Guedes estava presente.

— Agora, o professor Eusébio vai ficar para sempre junto de nós — prosseguiu falando o diretor —, dividindo a mesma terra com o poeta Sandoval Saldanha, que ele tanto amou e a quem muito se dedicou. É um momento de grande tristeza para todos. Porque, acima de tudo, perdemos um grande amigo.

Depois de dizer isso, o diretor abaixou-se e atirou um punhado de terra para dentro da sepultura. Bianca afastou-se de Fernando e Vinícius e jogou a rosa que segurava sobre o caixão, sendo imitada por diversos colegas. O vento havia cessado por completo naquele instante e o único ruído que se ouvia era aquele produzido pelas pás remexendo a terra. Como se o dia estivesse também se despedindo de Eusébio Guedes e homenageando-o com seu silêncio.

Os três permaneceram a distância, observando o trabalho dos homens da prefeitura, que fechavam a sepultura. O professor Glauco aproximou-se e, depois de abraçá-los, explicou em voz baixa, a pedido de Bianca, como havia encontrado Eusébio Guedes morto. Ele contou que havia convidado o velho professor para almoçar em sua casa no sábado, coisa que acontecia com frequência. Só que Eusébio não tinha aparecido.

— Eu estranhei porque ele nunca faltava a esses compromissos sem avisar. Mas calculei que devia ter acontecido algum imprevisto.

O professor Glauco tirou os óculos escuros e os três perceberam que seus olhos estavam bastante inchados.

— Como ele não deu nenhuma notícia, no domingo resolvi dar uma passada no casarão pra ver se tinha acontecido alguma coisa. Achei que o Eusébio poderia estar doente... — ele prosseguiu, baixando a cabeça. — A casa estava fechada e com as luzes acesas. Achei esquisito e, depois de chamá-lo várias vezes, decidi arrombar a porta. Foi assim que eu o encontrei...

Emocionado, o professor Glauco não conseguiu conter as lágrimas. Vinícius passou o braço por seus ombros, confortando-o. E Bianca comentou:

— Se não fosse isso, só hoje a gente iria estranhar a ausência dele no colégio...

— É verdade. Ele não tinha aulas às segundas — Glauco conseguiu dizer, com a voz trêmula.

Nesse momento, a conversa deles foi interrompida pelo grupo de professores e estudantes, que, de mãos dadas, passou a cantar uma música que falava de amizade e de lealdade entre pessoas. Num último adeus ao professor Eusébio Guedes.

Quando os homens da prefeitura concluíram o trabalho de cimentar a sepultura, professores, funcionários e alunos começaram a deixar o cemitério. Vinícius caminhava devagar, ao lado de Bianca, Fernando, Valéria e Vânia. No momento em que chegaram ao portão, ele ainda deu uma última olhada para o cemitério, que agora tinha mais um habitante.

Um habitante muito querido por todos eles.

10

Quarta-feira de luto

O Colégio Paulo Ferreira viveu uma quarta-feira estranha, em que todos — alunos, professores e funcionários — davam a impressão de estar passando por uma violenta ressaca. As aulas do período da manhã transcorreram num clima estranho, sem os ruídos costumeiros. Havia desânimo no ar e o dia parecia vestir luto pelo professor Eusébio Guedes.

Depois das aulas, Vinícius foi para casa, mal tocou em seu prato de comida e saiu em seguida. Seu destino era a oficina de um conhecido, que pintava cartazes, faixas e placas. Ali, Vinícius encomendou uma placa, colocando em andamento seu plano, que continha uma grande surpresa para Bianca e Fernando. E, enquanto o rapaz da oficina preparava a placa, Vinícius ficou sentado num canto, imaginando o que todos iriam pensar de sua ideia. Quando o trabalho ficou pronto, ele pagou e, depois de admirar o resultado por alguns segundos, saiu apressado. Em direção ao colégio.

Ao chegar, Vinícius passou pelo almoxarifado, onde emprestou um martelo e pregos, e em seguida subiu para o segundo andar. Tudo isso num ritmo febril: ele queria preparar sua surpresa antes que Fernando e Bianca chegassem para a reunião que tinham marcado para aquela tarde, na qual iriam discutir os assuntos que seriam publicados no *Agora* nº 3. No fim do corredor, Vinícius parou e, com movimentos rápidos, pregou a placa que trouxera na porta da sala onde funcionava a redação do jornal. Depois, afastou-se dois passos para olhar melhor para sua obra. E sorriu satisfeito. "Sala Professor Eusébio Guedes", dizia a placa que ele havia acabado de fixar na porta. Vinícius consultou o relógio e descobriu que ainda faltavam vinte minutos para a chegada de Bianca e Fernando. E resolveu esperá-los por ali mesmo, saboreando por antecipação a surpresa que os dois teriam quando descobrissem sua

ideia de batizar a sala com o nome do homem que tanto incentivo tinha dado ao jornal.

Ele entrou na sala, acendeu a luz, fechou a porta e sentou-se numa cadeira, colocando os pés sobre a mesa. E permaneceu nessa posição, deixando que a melancolia o invadisse, enquanto se lembrava dos momentos alegres de sua convivência com o professor Eusébio Guedes.

Vinícius estava mergulhado nesses pensamentos, quando um ruído despertou sua atenção. Ele estava tão absorto, que demorou para reagir. Somente quando notou que um envelope havia sido enfiado por baixo da porta foi que ele conseguiu entender o que estava acontecendo.

— O Sombra! — Vinícius exclamou, dando um salto da cadeira.

Abaixando-se, ele recolheu o envelope com a mensagem conhecida — Para a equipe do jornal *Agora*. E só então teve a ideia de escancarar a porta para identificar o misterioso colunista. Foi o que fez.

Vinícius abriu a porta num gesto rápido, mas, para sua decepção, tudo o que encontrou do lado de fora foi o corredor deserto e silencioso. Ele riu, nervoso: ninguém teria conseguido percorrer o corredor no espaço de tempo em que o envelope foi colocado sob a porta e o momento em que ela foi aberta. Logo, o Sombra teria de estar escondido em uma daquelas salas desertas. E Vinícius, excitado, resolveu investigar. Ao forçar a maçaneta, descobriu que a sala vizinha, onde funcionava a biblioteca do colégio, estava trancada. E, uma a uma, ele foi abrindo as portas das outras salas. Todas estavam vazias. Quando chegou à escada, Vinícius coçou a cabeça, desanimado. E disse um palavrão: por uma questão de segundos, ele não tinha conseguido surpreender o Sombra. E o que mais o irritava: era a segunda vez consecutiva que alguém evaporava na sua frente, sem nenhuma explicação.

De volta à sala, Vinícius sentou-se outra vez e abriu o envelope deixado pelo Sombra. E leu:

Coluna do Sombra

Estou de volta, minha gente, com as novidades quentes da semana.

* Antes de mais nada, parabéns e votos de sucesso para o Betinho, que vai jogar no glorioso São Paulo. A Fernanda foi a única que ficou triste com a notícia. Por que será?

* Estive na Mil Coisas, acompanhando os agitos. E reparei que a Valéria continua ficando com aquele menino loirinho. O caso é sério, gente!

* Por falar na Mil Coisas, a Vânia não deu as caras por lá no fim de semana. Outro que não apareceu foi o Vinícius. Será que os dois combinaram? Ou aí tem coisa?

* Bianca e Fernando passaram por lá. E não se largaram um minuto sequer. Nem para ir ao banheiro. Paixão brava.

* Falando nos dois, vocês repararam como o Vinícius ficou triste depois que esse namoro começou? Será que tem algo a ver? Sei não.

* No número passado contei o milagre. Agora conto o santo: o "A" para quem a Claudinha dedicou um poema é o André, do primeiro ano. Só que ele não está nem aí para as rimas dela. O interesse dele é outro. Depois eu conto.

* Que vexame a Ana Rita, hein? Deu em cima daquele rapaz de São Paulo outro dia e não conseguiu nada. Sábado ele apareceu na danceteria muito bem acompanhado e ela bem que fingiu que não estava se importando. Mas bebeu um pouquinho demais, não foi? Tanto que precisaram levar ela pra casa. Pensa que eu não vi?

* Mais vexames: Rafael, aquele que odeia brincos, agora está interessado em cultura. Semana passada comprou dois livros. Está certo que eram livros para colorir, mas o que tem isso, né? Todo mundo começa assim. Po hoje é só. Vou continuar de olho e conto tudo no próxim número. Até lá.

Vinícius estava pálido quando terminou a leitura. Aquela coluna não poderia ser publicada de maneira nenhuma, ele pensou. Em primeiro lugar, Rafael não ia gostar nem um pouco dos comentários maldosos do Sombra. E, desta vez, ninguém ia conseguir controlar aquele gigante. Mas o que mais o incomodava, na verdade, eram as observações a seu respeito. O que fazer para que Bianca e Fernando não lessem a frase que falava de sua tristeza depois que os dois começaram a namorar? Riscá-la? Não ia dar certo, Vinícius calculou. Enquanto se preocupava com isso, ele ouviu vozes no corredor: os dois estavam chegando.

Por um segundo, Vinícius se apavorou. Era preciso agir rápido. E a solução foi dobrar a folha datilografada e escondê-la no bolso da calça. Foi por um triz: no instante em que ele deu sumiço na Coluna do Sombra, abriu-se a porta e Fernando e Bianca entraram. Eles mantiveram a porta aberta e, por alguns instantes, ficaram olhando encantados a placa que dava à sala o nome do professor Eusébio Guedes.

Bianca juntou as mãos à frente da boca, como sempre fazia quando se comovia com alguma coisa, e abraçou Vinícius com força, beijando-o no rosto. Em seguida foi a vez de Fernando abraçá-lo, dando vigorosos tapas em suas costas.

— Que ótima ideia você teve, Vinícius! — exclamou Fernando.

— É verdade, Vi — concordou Bianca, sorrindo. — Aposto que o professor Eusébio, esteja onde estiver, está muito orgulhoso de você.

— Eu achei que seria legal fazer essa homenagem — disse Vinícius, fingindo modéstia. — Acho que o diretor não vai achar ruim, né?

— Mas claro que não — Fernando voltou para perto da porta e passou a mão pela placa. — Ele vai ficar feliz como todo mundo, você vai ver.

O sorriso que começava a surgir na boca de Vinícius desapareceu de repente, dando lugar a um arrepio gelado que subiu por sua espinha. De onde estava, ele pôde ver sobre a mesa o envelope que trouxera a Coluna do Sombra. Na pressa de esconder a folha datilografada, Vinícius se esquecera completamente do envelope — que seria visto por Bianca e Fernando a qualquer momento, bastando que um dos dois voltasse os olhos na direção da mesa.

O casal continuava elogiando a ideia de fazer a placa e Vinícius, como quem não quer nada, começou a afastar-se na direção da mesa, tentando impedir, com o corpo, que os dois vissem o envelope. Quando se encostou na mesa, ele parou. E, disfarçadamente, colocou as mãos para trás.

— Bom, gente, acho que podemos começar a falar do jornal... — ele disse, meio sem jeito, pois interrompia os elogios que estava recebendo.

Para seu desespero, Bianca caminhou para perto da mesa, bem no instante em que ele usava os dedos para puxar o envelope para junto de si. Temendo chamar-lhe a atenção, Vinícius interrompeu a ação na hora.

— Calma, Vi — ela brincou, dando um leve beliscão em sua bochecha —, até parece que você não gosta de ser elogiado.

— É isso mesmo, Vinícius. Você fez uma coisa maravilhosa. Muita gente aqui no colégio vai ficar emocionada — Fernando se aproximou dos dois, e da mesa, aumentando a tensão que Vinícius sentia.

Com a ponta dos dedos, Vinícius tocava o envelope. E tentava puxá-lo sem que o casal percebesse. Houve um momento em que ele teve a nítida impressão de que Bianca tinha notado a manobra. E aí não houve jeito: Vinícius agiu — e amassou o envelope, fazendo uma bola, ao mesmo tempo que se afastava da mesa e falava:

— Tá bom, gente, eu agradeço os elogios. Mas nós viemos aqui para falar do próximo número do *Agora*.

Bianca e Fernando se entreolharam. E perceberam que havia gotas de suor brilhando na testa de Vinícius.

Bianca:

— Credo, Vi, já deu pra sacar que você não gosta mesmo de elogios. Olha só: está até suando.

Fernando:

— Vou falar uma coisa, Bianca: estou pra ver cara mais tímido do que ele...

Uma ideia luminosa ocorreu a Vinícius naquele instante para se livrar do incômodo por que passava:

— Sabem por que eu quero começar a falar do jornal? É que estive pensando e acho que a gente deveria fazer uma edição especial do *Agora*, com uma grande homenagem ao professor Eusébio. Afinal, ele nos ajudou muito, certo?

— Grande, cara! — exaltou-se Fernando, dando um tapa no ombro de Vinícius.

— É mesmo. Vamos fazer uma reportagem falando da vida e da importância dele aqui no colégio — concordou Bianca, também exaltada.

Vinícius sorriu. A ideia o salvara. Ele aproveitou para jogar o envelope que amassara no lixo:

— Que bom que vocês topam. Só tem um problema: como é que a gente vai reunir informações sobre ele? Eu gostaria de fazer uma reportagem completa, falando do professor desde os tempos em que ele vivia em São Paulo...

— É verdade, vai ser fogo. Será que o pessoal aqui do colégio não pode ajudar a gente com essas informações? — perguntou Bianca, puxando uma das cadeiras e sentando-se.

— Eles não devem saber muita coisa... O professor Eusébio não era de falar muito da vida dele, lembram-se? — comentou Fernando, sentando-se ao lado da namorada.

— E tem mais um problema — advertiu Vinícius, encarando seus companheiros. — Seria legal colocar muitas fotos no jornal. Mas como vamos fazer pra arrumar? Acabei de me tocar que nunca fotografei o professor...

Por alguns instantes eles ficaram em silêncio, imaginando uma maneira de contornar as dificuldades. Fernando fez uma careta:

— Pô, gente, temos de dar um jeito nisso. Uma edição especial sobre o professor Eusébio seria uma coisa fantástica. E uma homenagem merecida.

— Esperem um pouco — disse Bianca, levantando-se. — Existe uma saída.

Fernando e Vinícius olharam para ela com atenção. Bianca sorriu:

— Podemos fazer uma pesquisa na casa do professor Eusébio. Com certeza vamos descobrir muita coisa sobre a vida dele. Fotos, inclusive.

— O que é que você está propondo, Bianca, que a gente mexa nas coisas do professor? — espantou-se Fernando.

— Ué, o que que tem? Nós não vamos bisbilhotar e sim fazer uma pesquisa para o nosso jornal. Isso não tem nada de mais. O que você acha, Vi?

— Sei não. O professor se matou. Nesse caso, com certeza, a polícia não vai deixar a gente entrar no casarão para mexer nas coisas dele...

— Ah, mas quem disse que a gente vai pedir autorização pra polícia pra entrar lá? — perguntou Bianca, com um sorriso maroto.

— Espera aí — Fernando levantou-se, assustado. — O que você está dizendo, Bianca?

— Ora, Fê, use a cabeça. O casarão está fechado. A gente entra lá e ninguém precisa ficar sabendo.

A ideia era perigosa, mas excitante. Foi a vez de Vinícius sorrir:

— Hum, seria uma ótima chance de fazer uma boa pesquisa sobre a vida do professor.

— Mas se alguém pega a gente xeretando por lá dá o maior rolo — Fernando argumentou, já sabendo, porém, que estava em minoria.

— Ih, Fê, você está com medo? Um repórter de verdade encara esse tipo de desafio numa boa — Bianca provocou o namorado.

— E quando é que a gente vai fazer isso? — ele perguntou, convencido de que Bianca, do jeito que era, iria levar a ideia até o fim, de qualquer maneira.

— Que tal hoje à noite? — ela propôs, antevendo a aventura que iriam viver. — Depois da meia-noite não vai haver ninguém na rua. Aí é só aproveitar e fazer a nossa reportagem.

Vinícius compartilhava desse entusiasmo:

— Sabe que pode ser uma coisa genial? Depois a gente aproveita e escreve no jornal como foi a nossa aventura.

— Igual aos jornalistas de verdade — Bianca sorriu e esfregou as mãos.

Fernando olhou para os dois e disse:

— É isso aí.

Mas, no fundo, ele temia que eles pudessem estar entrando numa enrascada daquelas.

11

Reportagem noturna

A lua cheia daquela noite dava à praça central da cidade um aspecto de paisagem lunar. O tempo havia melhorado, mas o vento frio persistia, agitando as árvores. É por isso que Vinícius, que ocupava uma das mesas da Mil Coisas, vestia sua jaqueta de couro. Com exceção de um casal que namorava em uma das mesas do fundo, a lanchonete estava vazia. E ele, que fingia demorar-se para terminar de tomar uma garrafa de cerveja, consultava o relógio a toda hora. Faltavam dezessete minutos para a meia-noite.

— Estranho esse frio em pleno mês de março, não é?

Vinícius estava atento à praça, vigiando o movimento das raras pessoas que passavam a caminho de casa. E teve um sobressalto ao ouvir a pergunta. Era Alfeu.

— Se bem que o tempo anda maluco hoje em dia. Os caras mexeram tanto com a natureza e o resultado aí está. Nem as estações do ano se entendem mais — o dono da Mil Coisas prosseguiu falando, enquanto olhava distraidamente para a praça.

— É verdade — Vinícius concordou, dando um gole na cerveja. — Às vezes está o maior calor e o tempo vira, sem mais nem menos.

— E vocês, continuam de folga na escola por causa da morte do professor?

— Não. Estamos tendo aula normalmente — Vinícius respondeu, incomodado pela pergunta de Alfeu. — Por quê?

— É que estou vendo você aqui até esta hora... Em geral você não aparece aqui durante a semana, né?

— Ah, é que hoje eu estou meio sem sono — Vinícius mentiu e percebeu, satisfeito, que o homem pareceu convencido com a resposta.

Nesse momento o casal que estava na mesa dos fundos passou por Vinícius e Alfeu e deixou a lanchonete. Vinícius olhou mais uma vez para o relógio — treze para a meia-noite — e fez sinal ao garçom, pedindo a conta.

— Bom, acho que é hora de ir pra cama — ele simulou um bocejo, espreguiçando-se.

Alfeu despediu-se dele e dirigiu-se para o balcão da lanchonete. Dois empregados empilhavam as cadeiras sobre as mesas. O garçom trouxe a conta e Vinícius pagou. E ainda bebeu um último gole do copo antes de levantar-se e sair da Mil Coisas, como se estivesse indo para casa.

Com as mãos no bolso da jaqueta e andando a passos lentos, ele atravessou a rua e entrou na praça deserta. Alguns metros à frente, avistou um casal de namorados sentado em um banco, sob uma árvore, na parte mais escura da praça. E nem precisou olhar com atenção para saber de quem se tratava. Fernando e Bianca. Conforme eles haviam combinado. Vinícius aproximou-se do banco e sentou-se ao lado dos dois.

— E aí, tudo tranquilo? — Fernando perguntou, esfregando as mãos por causa do frio.

— Tudo sob controle por enquanto. Os caras vão fechar a lanchonete já, já — Vinícius informou, encolhendo-se.

— Ainda bem — Bianca queixou-se com um gemido.
— A gente está congelando aqui. Que frio, meu Deus...

— Preparado para esta grande reportagem, repórter Vinícius? — Fernando brincou.

— Claro. Estamos aqui pra isso, não é? — Vinícius respondeu com convicção, embora ele mesmo sentisse um certo frio na barriga cada vez que pensava no que iriam fazer. — Vocês trouxeram o material?

— Está tudo aqui — Bianca explicou, mostrando uma grande bolsa ao seu lado no banco.

Não demorou muito e os três ouviram o ruído da porta de aço da Mil Coisas sendo baixada. O vento trouxe até eles fiapos de vozes do grupo de homens que se despedia em frente à lanchonete. Eles acompanharam com atenção os movimentos de dois garçons, que seguiram a pé pela rua, até que dobraram numa travessa e desapareceram. Alfeu e um outro rapaz entraram em um carro estacionado a poucos metros da lanchonete, partindo em seguida.

Fernando, Bianca e Vinícius ainda aguardaram alguns minutos antes de agir. Em dois minutos já seria quinta-feira. A lua conferia às árvores e bancos da praça um ar irreal, fantasmagórico, o que fazia aumentar o nervosismo dos três. O único prédio iluminado era aquele onde funcionava um banco. As casas estavam às escuras e o silêncio era total.

— Bom, vamos lá — comandou Vinícius, levantando-se e sentindo um certo alívio por encerrar aquela expectativa nervosa.

Olhando para os lados, ele seguiu à frente do casal, saindo da praça e rumando para a frente do casarão onde tinha vivido e morrido o professor Eusébio Guedes. Tomando cuidado para não fazer barulho, Vinícius saltou o portão baixo, que estava fechado com corrente e cadeado, e foi imitado por Bianca e Fernando. Seguindo o plano preestabelecido, eles evitaram a porta da frente da casa e entraram pelo corredor lateral, no fim do qual um pequeno quintal os esperava. Fernando retirou uma lanterna da bolsa de Bianca e iluminou o local. Havia uma espécie de rancho, onde se amontoavam pilhas de jornais e revistas, uma velha mesa e um sofá semidestruído. Quando o foco de luz desviou-se para a direita, eles tomaram um susto: uma antiga casa de cachorro. Vinícius riu:

— O professor Eusébio nunca teve cachorro. Isso deve ter pertencido ao Sandoval Saldanha. Tem valor histórico, gente.

— Histórico ou não, se tivesse um cachorro aí, ele já teria comido a gente — Bianca comentou, provocando um riso nervoso nos dois.

Fernando virou-se e clareou a porta da cozinha, (des)protegida por uma tela antimoscas bastante esgarçada, um tanque de lavar roupas e um latão de lixo vazio. No outro lado da casa, a lanterna iluminou o que eles procuravam: uma janela do tipo veneziana.

— Muito bem. É por aqui que a gente vai entrar — disse Bianca, enquanto remexia a bolsa e retirava de lá um pé de cabra e o entregava a Vinícius.

A casa era uma velha construção e Vinícius não teve muito trabalho com a janela. No primeiro tranco que deu, usando o pé de cabra como alavanca, a veneziana cedeu e escancarou-se, depois de um estalido seco. Os três suspenderam a respiração nesse momento, esperando para ver se algo acontecia.

— Já pensaram se aquele policial metido a besta está aí dentro, de guarda? — perguntou Vinícius, meio de brincadeira, meio a sério.

— Para com isso, Vi, que eu já estou nervosa demais — Bianca reclamou, espiando para dentro.

— A gente ia estar bem arrumado se ele estivesse aí — falou Fernando, ao mesmo tempo em que dirigia o foco de luz para o interior do cômodo.

Era um dos quartos da casa. Havia uma cama de solteiro num canto, um criado-mudo e um guarda-roupa. E nada mais. Os três pularam a janela, tiveram o cuidado de encostá-la e depois avançaram em direção à porta do quarto, guiados pelo facho da lanterna, e chegaram à sala.

— Isso aqui já está juntando pó — comentou Bianca, passando o indicador pela superfície de uma grande mesa de madeira escura, sobre a qual havia uma gaiola com a foto de um passarinho em seu interior.

Movimentando a lanterna, Fernando iluminou a cozinha, o banheiro e, na sequência, uma porta no lado oposto da sala. Vinícius adiantou-se e girou a maçaneta, descobrindo uma pequena escada que conduzia à parte de baixo da casa.

— Tem um porão lá embaixo — ele avisou, tentando ver alguma coisa na escuridão densa. — Vamos descer?

— Não é melhor começar a pesquisa aqui em cima primeiro? — Fernando perguntou, torcendo para que seus companheiros topassem. Para ele, a ideia de descer ao porão era tão agradável quanto acordar com torcicolo.

— Você não está com medo, está? — cutucou Vinícius, percebendo que a voz de Fernando traía seu nervosismo.

— Eu? Claro que não. Mas acho que é mais prático começar por aqui.

— Sabem no que estou pensando? Onde será que o professor se matou? Foi aqui nesta sala? — Vinícius disse, olhando os limites da sala desenhados pela luz da lanterna.

— Ai, credo, Vi, que pensamento... Arre! E se a gente acendesse a luz? — Bianca propôs, incomodada com o facho de luz que se agitava pela sala a cada movimento do namorado, iluminando ora um quadro na parede, ora um móvel, ora as cortinas.

— Nem pensar — cortou Vinícius, afastando-se da porta que levava ao porão. — Pode passar alguém na rua e notar. E daí vamos ter problemas.

— Ok, gente. Vamos começar o trabalho — Fernando comandou, com a intenção de encerrar o mais rápido possível aquela invasão.

Quando ele girou a lanterna, os três descobriram outra escada, recoberta por um carpete todo rasgado, que conduzia à parte de cima do casarão. A luz manteve-se fixa na escada e Vinícius segurou no corrimão, como se avaliasse a situação:

— Tô com um palpite de que o material que a gente procura está lá em cima...

— Vamos lá então — disse Bianca, empurrando o namorado.

Na mão de Fernando, até a luz da lanterna parecia hesitar. O facho incidia nos degraus e Vinícius foi o primeiro a iniciar a subida, pisando devagar, como se experimentasse a firmeza da escada. E foi no exato instante em que ele colocou o pé direito no quarto degrau que ouviram o ruído. Os três interromperam a subida na hora. O barulho viera da cozinha e não havia como confundir: alguém estava abrindo a porta.

— Chegou alguém aí — Bianca sussurrou, cravando as unhas no braço de Fernando, que gemeu.

— E agora, Vinícius, o que a gente vai fazer? — ele perguntou, esticando o braço para tocar o companheiro, dois degraus à sua frente.

— Calma, gente — Vinícius disse, também em voz baixa. — Pode ser só impressão...

Sua frase perdeu completamente o sentido quando eles ouviram, bem nítido, o ruído de uma porta sendo fechada, enquanto, por um segundo, um facho de luz bem mais poderoso varria a sala. Os nervos de Fernando se descontrolaram:

— Vamos sair daqui.

Ele percebeu que Vinícius continuou subindo a escada, agora em grande velocidade, e pensou em acompanhá-lo, mas Bianca o puxava para baixo. Fernando desceu os degraus e notou que a intenção da namorada era alcançar o quarto por onde haviam entrado. Mas o feixe de luz que vinha da cozinha deixava claro que eles seriam vistos se tentassem chegar ao quarto. Sem outra alternativa, ele arrastou Bianca na direção da porta que dava no porão. E, vencendo o medo que tentava paralisá-lo, puxou a namorada e ambos desceram a escada, quase despencando no porão da casa.

12

Presos numa ratoeira

No fim da escadaria, Vinícius estava sem fôlego. E, o que é pior, no escuro. Ele tentava normalizar sua respiração e, ao mesmo tempo, pensar no que ia fazer, enquanto sentia seu coração bater atropelado.

Havia um banheiro à sua frente, o que ele conseguiu identificar graças à fraca luz que penetrava pelo vitrô, vinda da rua. E duas outras portas, conduzindo a quartos, ele calculou. Ao olhar para baixo, Vinícius teve a sensação de ter entrado numa ratoeira: o foco de luz se dirigia para a escada. Sem outra saída, ele abriu com cuidado uma das portas e entrou, fechando-a atrás de si. Sem nada enxergar, Vinícius arrastava lentamente os pés pelo chão, para não esbarrar em nada, ao mesmo tempo em que, com os braços esticados à frente do corpo, tentava tatear alguma coisa. Um cego caminhando por um campo minado, ele pensou, sentindo o corpo molhado de suor.

Seus joelhos tocaram em algo duro e ele parou, apalpando. Era uma cama de casal. Vinícius nem pensou duas vezes e, deitando-se no chão, rastejou para debaixo dela. E esperou. Tendo por companhia as batidas sobressaltadas de seu coração. Passaram-se alguns segundos. De repente, a porta foi aberta e a luz de uma lanterna invadiu o quarto. De onde estava, Vinícius conseguia ver a luz e os pés de alguém que estava parado na porta. Ele fechou os olhos quando percebeu que o dono daqueles pés entrava no quarto e, caminhando com cuidado, vinha em direção à cama sob a qual ele estava escondido. Pela poeira que se desprendeu do colchão e caiu sobre seu rosto, Vinícius percebeu que quem entrara no quarto tinha acabado de sentar-se na cama. Era um homem, ele notou. Bastava ver o tamanho dos sapatos que calçava — e que naquele instante estavam a poucos centímetros de seu rosto.

Vinícius estava imóvel e, além do suor escorrendo, a única coisa que sentia era o pó que atingia seu rosto cada vez que o homem se mexia na cama. Girando um pouco a cabeça, ele tentou descobrir o que o invasor estava fazendo. A luz da lanterna estava inclinada para o chão e Vinícius conseguiu ver que o homem procurava alguma coisa num pequeno armário que existia ao lado da cama, remexendo em seu interior. Ele parecia não ter nenhuma pressa e Vinícius tomava cuidado até mesmo para respirar, em meio ao pó que se desprendia do colchão. "Este é um momento muito ruim para descobrir que sou alérgico a poeira", Vinícius pensou, enquanto procurava deitar-se de lado, pois a posição do corpo começava a incomodá-lo. Foi uma péssima ideia: assim que virou o corpo, ficando de lado, e colocou o rosto no chão, ele viu, a poucos centímetros, algo que o encheu de terror: uma barata. O inseto, apanhado pela luz da lanterna, também estava imóvel. A única coisa que se movia eram suas antenas, como se ela tentasse compreender o que aqueles estranhos queriam em seu território. Subitamente a barata andou e Vinícius arregalou os olhos: ela vinha em sua direção.

A maioria das mulheres têm pavor de baratas; alguns homens também. Outras pessoas sentem apenas nojo desse inseto que habita a terra desde muito antes da espécie hu-

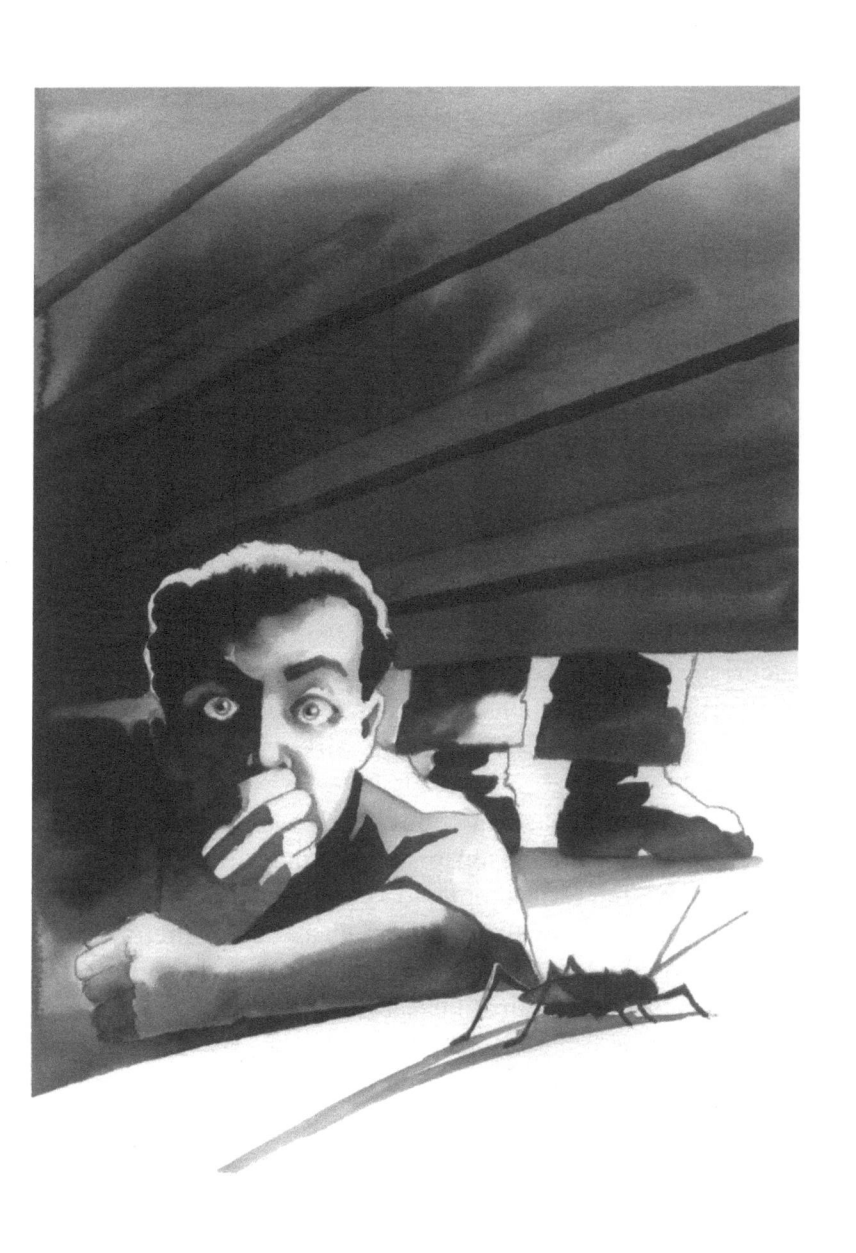

Imóvel, Vinícius viu algo que o encheu de terror: uma barata.

mana. Vinícius sentia as duas coisas em relação àquele exemplar que se movia devagar, agitando as antenas. A barata avançou até ficar tão próxima que suas antenas tocaram a ponta do nariz dele; nesse instante Vinícius enrijeceu o corpo. Enquanto ouvia o barulho de papéis manuseados pelo homem sentado na cama, ele tentou um recurso desesperado para afastar o inseto: passou a soprar em sua direção. A barata se deteve por alguns segundos, curiosa, mas logo em seguida moveu-se outra vez, roçando com seu corpo a bochecha de Vinícius. Tudo indicava que ela ia escalar seu rosto e Vinícius, controlando a náusea, fechou os olhos, prendeu a respiração e aguardou. Passaram-se alguns segundos e, como nada aconteceu, ele abriu os olhos: a barata tinha sumido de seu campo visual. Movendo a cabeça com dificuldade, Vinícius tentou localizá-la, mas a escuridão total impediu. Ela estava em algum lugar perto de seu corpo, e não havia nada a fazer, mas pelo menos se afastara de seu rosto. Ele respirou aliviado. E pensou em Bianca.

Se estivesse passando por aquela situação, ela com certeza já teria saído aos gritos do esconderijo, Vinícius calculou. O mesmo teria acontecido com Fernando que, em sua análise, estava se revelando um medroso de primeira. Onde estariam os dois naquele momento, Vinícius se perguntou. Teriam conseguido sair do casarão? Uma coisa era certa: o homem não os tinha visto, pois subira direto para o quarto. E, independentemente de onde estivessem, a situação de ambos com certeza era melhor do que a dele, que corria o risco de ser descoberto a qualquer instante. E, ainda por cima (ou por baixo, no caso), tendo de aguentar um contato pra lá de íntimo com uma barata. O homem pigarreou e Vinícius estremeceu. Ele continuava lendo os papéis que retirava do pequeno armário, colocando-os sob o foco de sua poderosa lanterna. Vinícius suspirou: aquilo ia demorar e seu corpo começava a doer por causa da posição em que se encontrava. Sua única esperança era que Fernando e Bianca tivessem conseguido sair da casa e, de alguma forma, pudessem ajudá-lo.

Mas Vinícius estava enganado: pelo menos naquele momento, nenhum dos dois podia fazer nada. Eles estavam agachados no porão às escuras, já que Fernando, para economizar pilha, tinha desligado a lanterna. Apavorados, apenas aguardavam. A umidade do lugar e o cheiro de mofo eram as coisas que menos os incomodavam. Para Bianca, o problema eram os ruídos que ouvia de tempos em tempos, o que fazia com que ela apertasse o braço do namorado.

— Meu Deus, Fê, não podemos ficar aqui — Bianca suplicou, sussurrando próximo ao ouvido de Fernando. — Vamos embora.

— Calma, Bianca. Você viu: há alguém andando pela casa. E se for aquele guarda mal-encarado?

— Ai, e se ele pegou o Vi?

— Ah, isso não aconteceu. A gente teria ouvido qualquer coisa.

Fernando ligou novamente a lanterna e dirigiu o foco para os cantos do porão. E o que ele e Bianca viram os deixou maravilhados.

Ao contrário do que era de se esperar, o lugar estava bem mais arrumado do que o resto da casa. Havia um sofá, duas poltronas, cadeiras, uma mesa sobre a qual repousavam uma máquina de escrever, um abajur, xícaras, talheres e uma garrafa térmica. Em outro canto, a luz iluminou um cabideiro com paletós, camisas e um chapéu. Ao lado, uma vitrola, uma pilha de discos antigos e um armário. Fernando, sempre com Bianca agarrada a ele, levantou-se e se aproximou da mesa para examiná-la melhor.

— Veja isso — ele disse para a namorada, iluminando as etiquetas que estavam presas a cada objeto.

O pedaço de papel fixado à mesa dizia "Mesa que o poeta Sandoval Saldanha utilizava para escrever". Na velha máquina de escrever, a etiqueta informava "Máquina de escrever do poeta Sandoval Saldanha", enquanto nos papéis colados às xícaras, garfos, facas e na garrafa térmica estava escrito "Objetos de uso pessoal do poeta Sandoval Saldanha".

— Já deu pra você perceber o que é isso, né? — Fernando perguntou, girando a lanterna e iluminando outros objetos, igualmente etiquetados. — O professor Eusébio estava preparando um museu para o poeta...

— É verdade — Bianca concordou. — Ele deve ter encontrado essas coisas quando veio morar nesta casa.

— Fantástico! Isso aqui é um tesouro histórico! — exclamou Fernando, aproximando-se da vitrola.

Bianca fez o mesmo e passou a manusear os discos, antigos 78 rotações contendo as músicas que o poeta Sandoval Saldanha apreciava. Fernando ia dirigir o foco de luz para as roupas, quando um movimento sob o armário atraiu sua atenção. Ele iluminou o lugar e tomou um susto: uma ratazana encarou-o com seu olhar hostil. E o animal não trazia nenhuma etiqueta que indicasse ter ele pertencido ao poeta Sandoval Saldanha. Fernando ainda tentou desviar a luz, mas não deu tempo: Bianca também viu o bicho. A sorte foi que ele agiu rápido e tapou a boca da namorada, que se preparava para gritar. Bianca começou a debater-se desesperada e passou a arrastar o namorado em direção às escadas. Fernando tentou contê-la, mas foi impossível: como acontece com qualquer pessoa apavorada, as forças de Bianca pareciam triplicadas e ela o puxou com violência. Não restou a Fernando outra alternativa a não ser acompanhar a namorada e ambos galgaram as escadas aos tropeções.

Se alguém perguntasse a Bianca e Fernando como eles conseguiram atravessar a sala, alcançar o quarto, pular a janela, ultrapassar o corredor e saltar o portão da frente do casarão, chegando à rua, eles com certeza não saberiam dizer. Mas fizeram isso — e em poucos segundos. O medo, como todos sabem, é um excelente acelerador. Se tivessem cruzado com o homem que também invadira a casa — ou com algo maior, digamos um tanque de guerra —, ele teria sido atropelado. Os dois só pararam de correr quando chegaram à praça. E ali permaneceram abraçados e tremendo muito.

— E agora, o que a gente vai fazer? — Bianca disse, recuperando o fôlego aos poucos.

— Não sei, Bianca. Vamos ter que esperar pelo Vinícius.

— Ai, meu Deus, e se o cara lá tiver machucado ele?

Fernando contemplou longamente o casarão, do outro lado da rua, antes de responder:

— O Vinícius é bem esperto. Aposto que ele está escondido em algum lugar da casa. Ou então conseguiu sair de lá e já se mandou...

— Ah, não — Bianca discordou —, ele não iria deixar a gente na mão. No mínimo estaria aqui na praça esperando.

— Que é isso, Bianca? Quem garante? Se eu estivesse no lugar dele, teria caído fora na primeira chance.

Bianca afastou-se um pouco do namorado e olhou-o decepcionada. Depois falou:

— O Vi ainda está lá dentro, tenho certeza. A gente precisa fazer alguma coisa.

Fernando se irritou:

— Mas o que você quer que eu faça? Entre lá de novo e peça licença àquele sujeito para procurar o Vinícius?

A reação de Bianca foi uma careta de desprezo. E ela teria iniciado uma discussão com Fernando se, naquele momento, uma voz rouca não tivesse assustado os dois.

— Não é um pouco tarde para ficar namorando na rua, meninos?

O casal se voltou e deu de cara com um guarda-noturno, que realizava sua ronda pela praça. Fernando ignorou os puxões que Bianca, de modo dissimulado, dava em sua blusa e disse:

— Ah, nós estamos indo agora mesmo, seu guarda.

— Ótimo. É perigoso ficar aqui na praça a estas horas.

Depois da frase, o guarda-noturno afastou-se lentamente, girando seu cassetete. Bianca apertou o braço do namorado:

— Vamos pedir ajuda a ele, Fê. O Vi pode estar em perigo...

— Você está louca? O que eu vou dizer ao guarda? Que meu amigo invadiu o casarão e até agora não conseguiu sair? Deixa de besteira, pô! Vai dar encrenca pro nosso lado, Bianca. Vamos embora daqui, isso sim.

— Ah, não, eu não saio daqui enquanto o Vi não aparecer.

Um cachorro latiu ao longe. Fernando balançou a cabeça, desanimado. E, em seguida, puxou a namorada pelo braço.

— Nada disso. Você vem comigo e vai pra casa direitinho. Daqui a pouco esse guarda passa de novo aqui e vai desconfiar de alguma coisa.

Mesmo contrariada, Bianca deixou-se levar por Fernando, olhando seguidas vezes para o casarão. Ela sabia que, sozinha, nada poderia fazer para auxiliar o amigo em dificuldade. Naquele instante, Bianca estava conhecendo um lado novo do namorado — e não estava gostando nem um pouquinho. Tanto que caminharam em silêncio até a porta da casa dela, onde ela entrou rapidamente, sem nem mesmo dar um beijo de despedida em Fernando. Quando ele, cabisbaixo, virou-se para ir para casa, faltavam sete minutos para uma da manhã.

13

Falta um aluno na classe

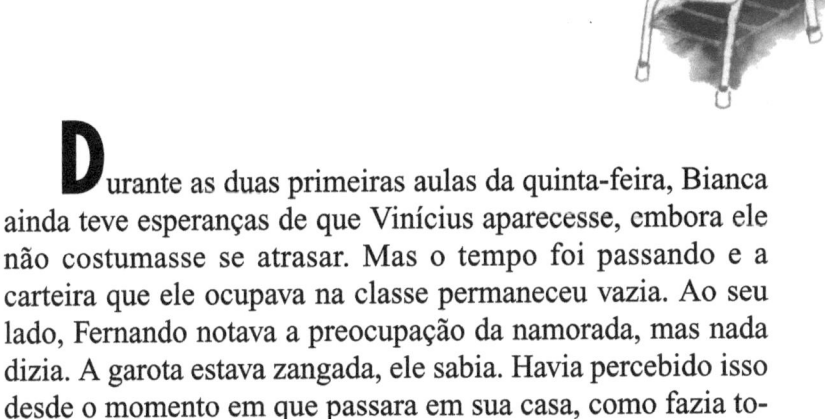

Durante as duas primeiras aulas da quinta-feira, Bianca ainda teve esperanças de que Vinícius aparecesse, embora ele não costumasse se atrasar. Mas o tempo foi passando e a carteira que ele ocupava na classe permaneceu vazia. Ao seu lado, Fernando notava a preocupação da namorada, mas nada dizia. A garota estava zangada, ele sabia. Havia percebido isso desde o momento em que passara em sua casa, como fazia todos os dias, para acompanhá-la até o colégio. No caminho, não haviam trocado mais do que meia dúzia de palavras.

Depois do intervalo, a preocupação de Bianca deu lugar à ansiedade. Ela roía as unhas aguardando a campainha que indicaria o final das aulas. E estava tão nervosa que, durante a última aula, não conseguiu prestar atenção a uma palavra sequer da professora de Biologia. Que, por coincidência, naquele dia estava falando sobre as baratas. E foi uma pena que Vinícius também não estivesse presente. Ele, com toda certeza, iria gostar de saber que as baratas são ortópteros onívoros, isto é, comem de tudo, da ordem dos blatários, conforme explicou a professora.

Seria injusto dizer que Fernando não estava preocupado com o sumiço de Vinícius. Estava sim. Tanto que teve uma ideia. Ideia que, além de deixar Bianca feliz, poderia acalmar um pouco sua consciência, que o acusava de ter abandonado um amigo em dificuldades: ele iria até o casarão tão logo terminassem as aulas. À luz do dia, Fernando imaginou, tudo era menos assustador e ficaria mais fácil verificar o que havia acontecido. Mas, quando comunicou seu plano à namorada, a reação de Bianca foi uma careta de indiferença e uma frase cortante:

— Agora é tarde. Você devia ter agido diferente ontem à noite.

Fernando baixou a cabeça, desanimado. E quando a campainha soou, Bianca juntou seus cadernos e livros e saiu apressada, negando até mesmo um "tchau" para o namorado, que a olhava espantado. Ele demorou-se ajeitando os cadernos na mochila, enquanto pensava no que deveria fazer para acalmar os ânimos da namorada. Resolveu, então, levar adiante seu plano. E deixou o colégio direto para o casarão.

O destino de Bianca tinha sido outro. Andando apressada, em poucos minutos ela chegou à casa de Vinícius. E estava tão impaciente, que tocou duas vezes a campainha em menos de quinze segundos. Por isso, foi com espanto que a mãe de Vinícius abriu a porta.

— Oi, eu sou a Bianca, colega do Vi. Ele está?

A mulher sorriu e convidou-a para entrar, enquanto informava:

— O preguiçoso acabou de acordar e está tomando banho. Sabe que eu nem vi a que horas ele chegou na noite passada? Deve ter sido bem tarde, porque ele deixou um bilhete avisando que não queria ser acordado, pois não iria ao colégio hoje.

A mãe de Vinícius continuava sorrindo e nem percebeu que Bianca respirou aliviada quando sua explicação terminou. Ela convidou a garota a sentar-se no sofá da sala e depois subiu para avisar Vinícius que ele tinha visita. De volta à sala, falou:

— O Vinícius já vai descer. Você pode me dar licença? É que eu comecei a preparar um doce na cozinha e...

— Mas claro. Fique à vontade, por favor. Eu espero o Vi numa boa.

Assim que a mulher foi para a cozinha, Bianca levantou-se e começou a andar pela sala, sem paciência para esperar. Ela se aproximou da prateleira e pegou o porta-retratos que já havia manuseado no domingo anterior. Na foto, os pais de Vinícius apareciam abraçados, tendo ao fundo as cataratas de Foz do Iguaçu. Bianca sorriu para aquela imagem turístico-familiar e foi nesse momento que um papel dobrado, que estava sob o porta-retratos, chamou sua atenção. Olhando de lado, temendo ser apanhada naquela bisbilhotice, ela pegou o papel e desdobrou-o. E surpreendeu-se. Era a Coluna do Sombra.

Vinícius estava descendo a escada e percebeu que Bianca, ao vê-lo, repôs a folha dobrada na prateleira, colocando o porta-retratos sobre ela. Mas não teve tempo de fazer qualquer comentário, pois, quando chegou ao fim da escada, Bianca praticamente atirou-se sobre ele, abraçando-o vigorosamente e beijando-o no rosto seguidas vezes.

— Ah, graças a Deus não aconteceu nada com você — ela disse, enquanto revirava os cabelos ainda úmidos que ele tinha acabado de pentear. — Eu estava morta de preocupação.

Enquanto ia falando, Bianca puxou Vinícius em direção ao sofá.

— E aí, me conta, o que aconteceu lá no casarão?

Vinícius olhou na direção da cozinha e levou o dedo indicador aos lábios, pedindo que Bianca falasse baixo.

— É melhor a minha mãe não saber dessa aventura, Bianca.

— Ai, para de suspense. Quem era aquele cara? E como é que você saiu de lá? — ela insistiu, diminuindo um pouco o volume da voz.

— Bom, eu tive de ficar umas três horas debaixo de uma cama, com aquele sujeito sentado bem pertinho do meu rosto. Não pude sair do meu esconderijo enquanto ele não terminou a busca que estava dando no quarto...

— Será que ele era um ladrão se aproveitando da casa vazia?

— Ah, acho que não. Pelo jeito ele estava atrás de alguma coisa, que acabou não encontrando — disse Vinícius.

— Mas o quê?

— Sei lá. Ele vasculhou o quarto todo. Por sorte, só não olhou debaixo da cama. Se tivesse feito isso, eu não estaria aqui agora...

— E aí, o que aconteceu? — Bianca havia juntado as mãos, num gesto aflito.

— Aí ele passou para o outro quarto. E eu fiquei quietinho debaixo da cama, só ouvindo ele mexer nas coisas.

— Mas o que esse cara queria, meu Deus?

— Vai saber. Eu não pude ver muita coisa. Imagine que teve uma hora que começou a me dar cãibras no corpo inteiro, por causa da posição em que eu fiquei.

— Ah, Vi — Bianca disse, passando as costas da mão pelo rosto do amigo —, como é que você aguentou?

— Medo, Bianca, puro medo. Isso sem falar de uma barata que apareceu e resolveu fazer turismo em cima de mim...

— Barata, argh!, que nojo — comentou Bianca, fazendo uma careta.

— Bom, aquele sujeito só foi embora quando o dia estava começando a clarear. Ouvi quando ele saiu, mas ainda fiquei um bom tempo debaixo da cama para ter certeza. Foi um alívio danado poder deixar aquele esconderijo e esticar o corpo. Mas quer saber de uma coisa? Esse sufoco todo valeu a pena. Descobri coisas bem interessantes.

Bianca sorriu, percebendo que Vinícius fazia silêncio para aumentar o suspense de sua narrativa.

— Ai, fala logo, Vi!
— Vem comigo.
Vinícius levantou-se e, pegando a mão de Bianca, conduziu-a escada acima na direção de seu quarto. Ela notou que ele encostou a porta depois que eles entraram e, ao passar seus olhos pelo ambiente, a primeira coisa que viu foi uma bolsa sobre a cama.
— A minha bolsa com as ferramentas! Meu Deus, eu fiquei tão nervosa que acabei esquecendo tudo lá no porão.
— Pois é. Mas o mais interessante está dentro da bolsa, Bianca...
Dito isso, Vinícius sentou-se na cama e abriu a bolsa, retirando uma velha pasta de papelão de seu interior. De dentro da pasta, Vinícius pegou várias fotos em preto e branco e espalhou-as pela cama.
— O professor Eusébio Guedes! Como é que você conseguiu isso?
Bianca quase gritou ao ver as imagens do velho professor, que aparecia nas fotos em diferentes épocas da sua vida. Foi a vez de Vinícius sorrir, satisfeito:
— Quando eu tive certeza de que o sujeito tinha se mandado, eu também dei uma busca pela casa. Foi assim que eu achei estas fotos e também esta bolsa, que estava caída no porão.
Bianca pegou uma das fotos, que parecia a mais recente de todas, na qual Eusébio Guedes era visto falando a um microfone, e ficou admirando-a com um ar tristonho.
— Acho que esta é uma boa foto pra gente publicar no *Agora* — ela disse, mostrando-a a Vinícius.
— É uma boa imagem dele — ele concordou, analisando-a com sua experiência de fotógrafo amador. — Mas o melhor de tudo você ainda não viu, Bianca...
Ela franziu a testa, curiosa, enquanto Vinícius enfiava a mão dentro da bolsa outra vez. De lá, ele retirou um caderno

que tinha a capa toda esgarçada e as páginas amareladas pelo tempo.

— O que é isso, Vi?

Vinícius sorriu, com um ar de vitória, ao mesmo tempo em que abria o caderno com o cuidado de um médico durante uma cirurgia:

— Veja, é um caderno de poesias. Com certeza foram escritas pelo Sandoval Saldanha.

Bianca vibrou com a revelação e abraçou Vinícius.

— Que maravilha! Será que era a isso que o professor Eusébio estava se referindo quando falou em tesouro?

— É bem provável. Se estas poesias são mesmo do Sandoval, este caderno pode ser muito valioso.

Os instantes seguintes foram gastos pelos dois no trabalho de folhear com extremo cuidado as páginas do caderno, cobertas por uma caligrafia irregular em tinta azul bastante desbotada. Somente duas folhas do caderno, as duas últimas, estavam em branco.

— Foi por isso que o professor não quis adiantar nada pra gente, lembra? — Bianca perguntou, enquanto lia os versos.

— Claro. Como bom pesquisador, ele primeiro quis ter certeza de que isso aqui foi escrito pelo Sandoval.

— Mas só pode ser este o tesouro que ele mencionou — observou Bianca.

Quando eles acabaram de examinar o caderno, Vinícius permaneceu um tempo em silêncio, pensativo.

— Tem uma coisa que não faz sentido pra mim, Bianca — ele comentou, coçando o queixo. — Se o professor encontrou estes poemas, ele devia estar muito feliz... Então por que se matar?

Bianca voltou a olhar as fotos de Eusébio Guedes:

— Talvez esses poemas não sejam do Sandoval Saldanha. O professor levava muito a sério sua pesquisa e pode ter ficado decepcionado.

— Mesmo assim, Bianca — Vinícius levantou-se da cama, exasperado. — Decepcionado a ponto de se matar? E se esses poemas não foram escritos pelo Sandoval, por que estavam lá no porão, junto com as outras coisas que pertenceram a ele?

— Ah, você também viu aquelas coisas?

— Claro. Vasculhei cada palmo daquele lugar. Foi assim que eu achei este caderno. Estava naquele armário, numa pilha de revistas velhas, tudo etiquetado, bonitinho. Acho que o professor ia transformar aquela casa num museu para o Sandoval Saldanha.

— É, foi o que o Fê disse...

— Por falar nisso, cadê o Fernando?

— Ah, ele me falou que ia dar uma passada no casarão pra ver se descobria o que tinha acontecido com você. Mas quer saber de uma coisa? Acho que o Fê não tem coragem de entrar outra vez naquele lugar...

Vinícius permaneceu imóvel por alguns segundos. Depois disse, decidido:

— Acho melhor a gente dar uma olhada nisso. Aquele sujeito de ontem não encontrou o que procurava e deve ter voltado ao casarão. O Fernando pode estar em perigo...

Bianca recolheu as fotos, o caderno e sua bolsa. E seguiu o amigo, que desceu apressada a escada. Quando chegaram à sala, Bianca segurou-o pelo braço e, encarando-o, apontou o papel dobrado sob o porta-retratos:

— Eu sei que não devia ter visto isso. Nem me interessa saber o que esse papel está fazendo aqui. Mas me diga uma coisa, Vi: é verdade o que o Sombra escreveu a seu respeito?

— Do que você está falando? — Vinícius retrucou, procurando disfarçar, embora fosse visível seu constrangimento.

— Ora, que você ficou triste depois que eu e o Fê começamos a namorar...

— Ah, isso é bobagem do Sombra, Bianca... Eu estava lá na redação quando esta coluna chegou e, com essa história do casarão, até esqueci de comentar com vocês...

Bianca continuava segurando Vinícius pelo braço e ia continuar seu interrogatório. O que salvou o rapaz foi a aparição de sua mãe, vinda da cozinha:

— Você vai sair, Vinícius? E o seu almoço?

— Ah, mãe, estou sem fome. Eu como alguma coisa depois. Vamos, Bianca? O Fernando pode estar precisando de ajuda...

Sem outra alternativa, Bianca despediu-se da mulher e acompanhou Vinícius. E preparou-se para uma nova visita ao casarão.

14

Conversa na Mil Coisas

Depois de alguns dias de instabilidade, o clima acabou por ajustar-se e agora o sol forte iluminava um céu azul sem nuvens. Uma brisa suave servia para amenizar a temperatura. Assim que entraram na praça, com a intenção de atravessá-la em direção ao casarão, Bianca e Vinícius ouviram dois silvos agudos de um assobio que conheciam muito bem. Voltando-se, viram Fernando sentado a uma das mesas na entrada da lanchonete Mil Coisas, tendo à sua frente uma garrafa de refrigerante pela metade. Ele tornou a assobiar e fez um gesto largo com o braço, chamando-os.

Fernando saudou Vinícius com entusiasmo, demonstrando sua satisfação em vê-lo são e salvo. Bianca sentou-se ao lado do namorado, sem nada dizer e sem ao menos cumprimentá-lo com um beijo, como costumava fazer — detalhe que não passou despercebido a Vinícius. Alfeu aproximou-se da mesa e os dois recém-chegados aproveitaram para pedir sanduíches e refrigerantes.

— E aí, você entrou lá de novo? — Bianca perguntou, bebendo um gole do refrigerante do namorado.

— Minha intenção era essa, mas eu não pude — Fernando respondeu, meio sem jeito.

— Eu sabia que você não ia ter coragem para isso — ela comentou, fuzilando-o com o olhar. — Estava na cara...

— Ei, Bianca, calma, deixa eu explicar... — disse Fernando, em tom de queixa.

— Falta de coragem não precisa de explicação, Fê — Bianca arrematou, cruzando os braços e girando o corpo, de forma a ficar de lado para Fernando.

Ele se levantou irritado com a atitude dela e dirigiu-se a Vinícius, como se pedisse auxílio:

— Pô, Vinícius, você viu o jeito que ela está? Ora, eu não entrei de novo no casarão porque ninguém aqui vai fazer isso outra vez...

Vinícius franziu a testa:

— O que você quer dizer com isso?

— Ora, venham até aqui dar uma olhada e vocês vão compreender.

Bianca e Vinícius se levantaram e acompanharam Fernando até a frente da Mil Coisas, de onde o casarão era visível. A porta estava aberta e eles puderam ver vários homens circulando por ali, como se inspecionassem a construção.

— Quando eu cheguei aqui, eles já estavam lá — Fernando contou, enquanto se virava para Bianca. — Entendeu agora por que eu não entrei, espertinha?

— Desculpe, Fê — Bianca murmurou, com um sorriso constrangido. — Mas, afinal, quem são aqueles caras e o que estão fazendo lá?

Quem deu a resposta foi Alfeu, que havia se juntado aos três e olhava na mesma direção:

— Aqueles sujeitos são da prefeitura. Como vocês devem saber, o professor não tinha parentes. Pelo que eu soube, a prefeitura está fazendo uma vistoria na casa, pois estão planejando usar o espaço para criar o Museu Sandoval Saldanha. Bom, pelo menos a morte do velhote serviu para alguma coisa.

A informação provocou uma reação silenciosa nos três. Eles trocaram um olhar rápido, imperceptível para Alfeu. Vinícius passou a mão pelos cabelos encaracolados e sorriu, enquanto voltava para a mesa. Bianca e Fernando fizeram o mesmo.

— Ufa, entramos lá na hora certa — comentou Fernando em voz baixa, observando que Alfeu retornava ao interior da lanchonete.

— De qualquer modo, a gente conseguiu o que precisava — revelou Vinícius, indicando a bolsa que Bianca segurava no colo. — Mostra pra ele, Bianca.

Ela retirou da bolsa as fotos de Eusébio Guedes e entregou-as ao namorado, que arregalou os olhos ao vê-las:

— Que bárbaro, Vinícius! Olha como o professor era novo aqui nesta foto... E você encontrou alguma informação sobre a vida dele?

— Não, não achei nada que pudesse ajudar...

— E como é que a gente vai fazer com os textos? — Fernando perguntou, colocando as fotos sobre a mesa.

— Eu tenho uma ideia — falou Bianca. — Que tal se cada um de nós escrever aquilo que pensa sobre o professor? Acho que ficaria uma homenagem legal.

— Hum, é uma boa ideia — Vinícius aprovou, ao mesmo tempo em que pedia a bolsa a Bianca. — Mas o melhor de tudo, Fernando, você ainda não viu...

— Prepare-se para uma surpresa — Bianca sorriu, enigmática.

Vinícius retirou o velho caderno da bolsa e entregou-o a Fernando, com a advertência:

— Olhe com cuidado. Isso pode ser uma coisa muito preciosa.

O rosto de Fernando se iluminou ao ver o caderno e, à medida que ia virando as páginas amareladas, seu entusiasmo parecia crescer. Quando terminou, fechando o caderno com o cuidado de quem manuseia um cristal raro, ele estava maravilhado.

— Esses poemas são do Sandoval? — Fernando perguntou e, diante do aceno de cabeça de Vinícius, comentou: — Puxa, essa é uma descoberta fantástica. Mas o que a gente vai fazer com isso?

— A minha ideia é escrever sobre a pesquisa do professor Eusébio neste número do *Agora* e aproveitar para falar deste caderno. Com muito cuidado, porque a gente não tem como comprovar se os poemas são mesmo do Sandoval. Depois, acho que a gente vai ter que devolver esse caderno para o museu. Afinal de contas, é uma peça histórica e algum especialista poderá comprovar se é autêntico ou não — Vinícius disse, notando que Alfeu se aproximava com os sanduíches e os refrigerantes.

Bianca recolheu as fotos do professor, abrindo espaço na mesa para que o dono da Mil Coisas colocasse ali os pratos e as garrafas. Alfeu riu ao ver uma foto antiga de Eusébio Guedes:

— Olha só, o velho maluco quando era jovem. Onde é que vocês arrumaram essa relíquia? — ele disse, ajeitando os cabelos compridos, que nesse dia estavam presos num rabo de cavalo.

— A gente pegou lá no casarão — Bianca disse, de supetão, arrependendo-se na hora e ganhando um olhar de reprovação de Vinícius.

— Hum, que interessante. E o que vocês vão fazer com isso? Organizar um museu para o velho também? — o dono da Mil Coisas comentou, examinando outra foto.

A maneira desdenhosa com que Alfeu sempre se referia ao professor causava irritação nos três. E o pior é que ninguém podia ser ríspido com ele, pois o dono da Mil Coisas era um dos anunciantes do *Agora* desde seu lançamento e sua colaboração era importante para a vida do jornal. O jeito era não dar bola para seus comentários.

— A gente vai preparar um jornal em homenagem ao professor Eusébio — Bianca informou, antes de dar a primeira mordida em seu sanduíche.

— Que bacana. Será que quando eu morrer vocês vão fazer o mesmo comigo? — ele brincou, já se preparando para afastar-se.

Vinícius aproveitou-se da ocasião:

— A propósito, Alfeu, podemos contar com o anúncio da Mil Coisas nesta edição especial, né?

— Claro. Eu estou gostando muito do trabalho de vocês. Sem brincadeira: o jornalzinho está ficando superlegal...

Ao ouvir o *Agora* ser chamado de "jornalzinho", Bianca quase engasgou com o sanduíche. E, se não estivesse com a boca cheia, ela com certeza teria dito um palavrão ao dono da Mil Coisas.

Alfeu voltou para dentro da lanchonete e Fernando, que ainda segurava o caderno, riu da cena que acabara de presenciar.

— Sabe que você é um ótimo vendedor de anúncios, Vinícius? Tem futuro, rapaz.

Os três ficaram mais algum tempo conversando na Mil Coisas. Ao sair, combinaram um encontro à noite na casa de Bianca, para preparar o número especial do *Agora*. Vinícius ainda recomendou a ela que tomasse muito cuidado com o caderno e com as fotos que carregava na bolsa. E foi para casa com a intenção de escrever seu texto sobre Eusébio Guedes. Ele pretendia, inclusive, contar a aventura que tinha sido conseguir as fotos do velho professor. E sua única dúvida é se deveria ou não mencionar a convivência forçada que tivera com uma barata.

Bianca e Fernando se afastaram lentamente e, no caminho, ele foi tentando fazer as pazes com a namorada, que estava irredutível. Fernando bem que quis abraçá-la, mas ela desvencilhou-se. Bianca ainda estava muito zangada com o comportamento do namorado na noite anterior.

15

A fantasia de cada um

Na sexta-feira um único assunto dominou as conversas e o interesse de todo mundo na escola: a festa de aniversário que Vânia daria naquela noite. E tanta agitação tinha motivo: para comemorar seus dezesseis anos, Vânia tinha planejado uma festa à fantasia, cujo ponto alto seria um concurso para a escolha dos melhores trajes, incluindo o mais bonito, o mais original e o mais engraçado. Uma porção de alunos, envolvidos com a preparação de suas roupas, nem tinha aparecido no colégio naquele dia. E o que mais se via entre os que compareceram era gente tentando adivinhar que fantasia seus colegas iriam usar. Bianca recusara até mesmo o convite dos pais, que haviam ido para a praia junto com sua irmã caçula, preferindo ficar sozinha em casa para não perder a festa.

Depois da aula, conforme combinado, Vinícius passou em casa para almoçar e pegar o material do *Agora* nº 3, para levá-lo à gráfica. Na preparação do jornal, ele, Bianca e Fernando haviam trabalhado até tarde na noite anterior. Mas tinha valido a pena: a edição especial em homenagem a Eusébio Guedes ia ficar muito bonita. Teve um momento da reunião em que Fernando mencionou que o Sombra não havia mandado sua coluna para aquela edição — e Vinícius e Bianca se entreolharam, cúmplices. Fernando disse que aquilo acabava sendo bom por dois motivos. Primeiro, não havia espaço para a coluna; e, segundo, a Coluna do Sombra certamente ficaria deslocada num jornal que abordava um único tema: o velho professor tão amado pelos alunos. Havia depoimentos dos três sobre ele, ilustrados com as fotos encontradas no casarão, além de uma reportagem escrita a seis mãos contando todas as peripécias vividas por eles na madrugada da quinta-feira. E uma amostra dos poemas que poderiam ser de autoria de Sandoval Saldanha.

Depois de deixar o jornal na gráfica, Vinícius ficou perambulando sem destino pela cidade. Ele não estava com espírito para festas naquele dia, mas sua ausência com certeza magoaria Vânia — e isso Vinícius não queria. O jeito foi resignar-se e tentar entrar no clima.

Na porta da loja que alugava fantasias, ele cruzou com Rafael e Cláudio, os dois fortões do colégio, no momento em que eles estavam saindo carregando pacotes enormes.

— Olha o Vinícius aí — Cláudio disse. — Que roupa você acha que ele vai escolher, hein, Rafa?

— É uma pena, mas esta loja não tem nenhuma fantasia de minhoca. Ele ia ficar bem, você não acha? — Rafael retrucou, rindo.

— E vocês dois, o que escolheram? Aposto que o Cláudio vai de guarda-roupa e você, Rafael, alugou uma fantasia de gorila — Vinícius comentou, fazendo com que o sorriso desaparecesse do rosto da dupla na hora.

— Muito engraçadinho — Rafael rosnou. — Espere só até a hora da festa pela minha surpresa. Eu vou arrasar...

Foi a vez de Vinícius rir:

— Tenho certeza. Pelo tamanho do pacote, isso aí deve ser uma fantasia de tanque de guerra.

Os dois ainda tentaram mais algumas gracinhas, mas Vinícius ignorou-os, entrando na loja. O estoque estava limitado àquela hora, pois grande parte dos alunos do Colégio Paulo

Ferreira já havia passado por ali. Vinícius interessou-se por um uniforme de marinheiro, mas a roupa era muito grande e ele teve de contentar-se com uma fantasia de presidiário, com direito até mesmo ao boné com listras horizontais. Depois disso, ele ainda gastou tempo andando pelo centro da cidade, imaginando que presente poderia levar para Vânia. Acabou encontrando-o na livraria: uma antologia de poemas de Carlos Drummond de Andrade, seu poeta preferido, que com certeza iria agradá-la.

E chegou finalmente a hora da festa. Era uma noite estrelada, com temperatura amena, como se o verão estivesse se despedindo para dar lugar ao outono. Vânia morava numa casa de frente ampla, rodeada por um extenso gramado cercado por um muro baixo. Um pouco depois das nove começaram a chegar os primeiros fantasiados, que Vânia recepcionava na entrada da casa. Ela estava vestida de dama do século passado, com um vestido longo, que se alargava a partir da cintura, fantasia completada por um gracioso chapéu.

De cara deu para perceber que, se houvesse a escolha da fantasia mais óbvia, ninguém tiraria esse título de Betinho, que apareceu envergando o uniforme do São Paulo. Para ele, a festa tinha também um sabor de despedida, já que na segunda-feira seguinte viajaria para a capital, onde passaria a morar. Por essa razão, o artilheiro do colégio estava dividido entre a alegria e a tristeza. Valéria, amiga inseparável da aniversariante, recuperou uma fantasia de um velho carnaval e veio vestida de odalisca. E chegou de mãos dadas com o loirinho mencionado pelo Sombra, que se chamava Raul e vestia um uniforme de policial. Bianca e Fernando chegaram juntos, embora desse para perceber que o clima entre os dois não andava lá aquelas coisas. Ela havia prendido os cabelos e tinha colocado uma peruca encaracolada sobre eles. Uma blusa lilás de crepe indiano, uma calça jeans boca de sino e um sapato de plataforma davam a Bianca um ar de autêntica hippie, não faltando nem mesmo o medalhão que era usado como símbolo da paz naquela época. Vestido com menos elaboração, Fernando usava sobre a roupa um sobretudo escuro, que, junto com o chapéu caído sobre os olhos e o charuto na boca, servia para transformá-lo na cópia aceitável de um gângster. Ana Rita estava de mulher fatal, com um vestido vermelho curto e decotado, enquanto Claudinha optou por uma malha cor-de-rosa e por sapatilhas, que fizeram dela uma charmosa bailarina. Cláudio apareceu com uma roupa de gladiador, que deixava à mostra seus músculos salientes. E Rafael, como havia prometido, arrasou mesmo.

Já havia grande agitação na casa, com música no último volume e gente dançando, quando um barulho assustador do lado de fora fez com que todos saíssem para ver o que estava acontecendo. Com o cabelo fixado por gel, Rafael vestia camiseta branca, blusão de couro preto, calça jeans apertada e botas, como se fosse um personagem saído da década de 1960. Porém o detalhe que deixou seus colegas boquiabertos era que ele pilotava uma incrível lambreta vermelha e havia subido com ela a rampa que separava a casa da rua. Com um sorriso nos lábios, ele ficou algum tempo contemplando aqueles personagens bizarros que se aglomeravam na porta da casa, enquanto acelerava ao máximo a lambreta, provocando um ruído ensurdecedor. Claro que ele acabou aplaudido.

A festa estava no auge, quando Vânia saiu à porta da casa e olhou para fora. Ela sentia falta de alguém: Vinícius. Vinte minutos depois, quando ela fez isso outra vez, viu que ele, com sua fantasia de presidiário e com as mãos para trás, caminhava timidamente pelo gramado em direção à casa. Vânia esperou por ele com o melhor sorriso de que era capaz:

— Puxa, Vinícius, eu estava preocupada. Achei que você não vinha...

— Desculpe, Vânia, mas acabei me atrasando — ele disse, meio sem jeito, enquanto entregava o pacote com o livro de Drummond e trocava beijos, cumprimentando-a. — Parabéns. Espero que você goste.

Vânia desembrulhou o livro e sorriu, beijando Vinícius mais uma vez. Em seguida, abraçou-o e conduziu-o para dentro da casa, onde o volume da música obrigava quem não estava dançando a conversar aos berros. Antes de entrar, ela parou para admirar a fantasia que ele vestia e fez um comentário, bem ao seu estilo, com a boca colada no ouvido dele:

— Se eu fosse presa, gostaria de ficar na mesma cela que você... — Vinícius moveu os lábios alguns milímetros, num sorriso tímido. Aí entraram na festa.

Vinícius pegou um copo de cerveja da bandeja de um dos garçons e, encostando-se a um canto, ficou observando o grupo de jovens que se agitava ao som da música na ampla sala à meia-luz. Depois de guardar o presente, Vânia voltou a fazer-lhe companhia.

— Tá animado isso aqui, né? — ele comentou, muito mais por falta de outra coisa para falar.

Como Vânia não conseguiu ouvi-lo, Vinícius teve de repetir a frase, agora próximo ao ouvido dela, que concordou:

— Ah, tá sim, o pessoal está se divertindo muito. Acho que todo mundo que eu convidei está aqui. Não faltou ninguém.

O olhar de Vinícius percorreu o ambiente, tentando localizar Bianca, o que não foi possível por causa da pouca luz e dos corpos que se movimentavam de modo frenético à sua frente.

— Sabe no que eu estou pensando? — Vânia perguntou, segurando a mão de Vinícius. — O Sombra deve estar aqui neste momento. Não é um barato? Quem será ele?

— Me contem se vocês descobrirem — disse Rafael, aproximando-se dos dois. — Quero ter uma conversinha com esse Sombra...

Ao mesmo tempo que olhava para a fantasia de Rafael e sorria, Vinícius pensou no que poderia acontecer se a Coluna do Sombra que estava em sua casa fosse publicada. Era óbvio que aquele gigante com o cabelo cheio de gel ia virar fera se lesse o comentário sobre os livros para colorir.

— Hum, você está uma gracinha de presidiário — Rafael falou, puxando Vinícius pelo braço para ver melhor sua fantasia. — Só tome cuidado para o namoradinho da Valéria não te prender, viu?

Vinícius achou graça no comentário e olhou para o policial loirinho que, ao lado de Valéria, dançava com os braços levantados. Nesse instante, Ana Rita aproximou-se deles e, depois de cumprimentar Vinícius, disse algo no ouvido de Vânia e puxou-a pelo braço, fazendo com que ela a acompanhasse em direção à cozinha. Rafael manteve o olhar nas duas até que elas desapareceram no aglomerado de gente. E comentou, retorcendo os lábios:

— A Ana Rita está uma belezinha com esse vestido, você não acha?

Vinícius disse que achava, procurando encurtar o assunto. Conversar com Rafael, em sua opinião, era tão agradável quanto acordar numa segunda-feira pensando tratar-se de um sábado. Mas o gigante insistiu:

— E o que você me diz da Vânia?

— Ah, ela está bonita também — Vinícius respondeu, bebendo um gole de cerveja.

— Bonita??? É um mulherão, isso sim. Será que você é cego, Vinícius?

— Por quê?

— Ah, bobão, todo mundo vê que ela arrasta uma asa danada pro teu lado. E você nada. Que que há? Você não é chegado?

— Bobagem, Rafa. Ela é só atenciosa comigo, nada mais — Vinícius disse, torcendo para que alguém chegasse para interromper aquela conversa.

— Ah, ah, ah, atenciosa... Essa é boa. Ah, se ela me desse essa bola toda. Você ia ver só como é que as coisas têm que ser feitas...

Perturbado com aquela conversa, Vinícius disse a Rafael que iria sair um pouco, usando a desculpa de que o som alto o estava incomodando. Rafael grunhiu qualquer coisa e se afastou, enquanto ele saía da casa. Vinícius permaneceu em pé na varanda da casa por um bom tempo, ouvindo a mistura de sons que vinha da sala. De repente uma gritaria advertiu-o de que estava começando o concurso de fantasias e, sem nenhuma vontade de participar da brincadeira, ele desceu devagar pelo gramado, sentando-se no muro baixo que rodeava a casa, perto do portão. E ficou por ali.

Passaram-se vários minutos. Até que uma voz conhecida despertou-lhe a atenção. Olhando na direção da varanda, Vinícius viu que Fernando discutia com uma garota de cabelos encaracolados e vestida de um jeito esquisito, que ele, a princípio, não reconheceu. Foi preciso que aquela hippie falasse, protestando contra algo que Fernando havia dito, para que Vinícius conseguisse identificá-la. A voz de Fernando soava estranha e Vinícius calculou que ele estava bêbado. Virando o corpo, ele passou as pernas sobre o muro e, olhando para a rua vazia, procurou desligar-se dos sons daquela discussão. E estava tão absorto em seus pensamentos que se assustou um pouco quando dois braços o enlaçaram por trás.

— Mas o que está acontecendo? Posso fazer algo por sua tristeza, mocinho?

Era Vânia, que tentou imitá-lo, sentando-se também no muro, mas foi impedida pelo vestido cheio de armações. Ela então se contentou em sair à rua e ficar em pé à sua frente, apoiando as mãos em seus ombros e mantendo o rosto muito próximo ao dele.

— Eu não estou triste, Vânia. Só saí pra tomar um pouco de ar, está abafado lá dentro.

— Ah, Vinícius, todo mundo está vendo que você está sofrendo, cara. E o motivo está lá em cima, não é?

Vinícius virou-se para trás e olhou para a varanda. Bianca estava encostada num pilar, de braços cruzados e emburrada, e a seu lado Fernando continuava falando e gesticulando nervosamente. Então Vânia pegou o rosto de Vinícius entre suas mãos e aproximou-o ainda mais do seu:

— Ah, como eu gostaria de fazer alguma coisa por você...

Ele sorriu e balançou a cabeça. E acabou surpreendido pelo beijo que tocou seus lábios de forma rápida e suave. E não opôs nenhuma resistência quando Vânia puxou sua cabeça de encontro ao peito e, livrando-o do boné listrado, ficou afagando seus cabelos.

Vinícius acabou surpreendido por Vânia que o beijou suavemente.

— Ah, Vinícius, Vinícius... — ela murmurou.

— Ah, Vânia, Vânia — ele disse, sentindo o perfume adocicado que vinha do corpo dela.

— Por que é que as coisas nunca são como a gente quer, não é?

Vinícius ia responder, mas alguma coisa dentro dele se descontrolou naquele instante. E, por mais que se esforçasse, ele não conseguiu se segurar. Só quando o ouviu fungar foi que Vânia percebeu que Vinícius estava chorando. Com delicadeza, ela passou o dedo pelas lágrimas e depois o abraçou com mais força ainda e continuou acariciando-lhe os cabelos. E Vinícius chorou, como há muito tempo não fazia. Sentindo que aquelas lágrimas o estavam limpando de alguma coisa.

16

Perigo na noite

Vânia permaneceu abraçada a Vinícius até o momento em que Valéria gritou seu nome da varanda da casa. De mãos dadas com o policial, a odalisca desceu a rampa ao seu encontro.

— Vamos lá, Vânia, está na hora de cortar o bolo. E depois a gente vai saber quem ganhou o concurso das melhores fantasias.

Quando Vânia o liberou de seu abraço, Vinícius, que ainda fungava, passou a mão pelo rosto, limpando as lágrimas. Valéria virou-se para ele, fez cara de quem não estava entendendo o que acontecia, mas, antes que dissesse qualquer coisa, um olhar de Vânia bastou para que ela ficasse calada — aquele olhar que tem muito mais significado que qualquer palavra e que somente duas pessoas que se conhecem bem conseguem trocar. Mas Raul, o namorado de Valéria, nada entendia desses olhares:

— E você, cara, não vai cantar parabéns? — ele perguntou, ajeitando a gola da farda de policial que usava.

Mais uma vez Vânia se antecipou:

— Não, ele vai ficar um pouco aqui fora, não é, Vinícius?

E, diante do olhar de cachorro perdido de Vinícius, ela arrematou:

— Você vai ficar bem sozinho?

Ele disse que ficaria e ela, depois de recolocar o boné em sua cabeça, deu-lhe um beijo na testa e acompanhou a odalisca e o policial em direção à casa. Quando passaram pela varanda, Fernando e Bianca ainda discutiam, agora em voz baixa. Valéria apenas olhou para Vânia, como quem diz: aqui estão mais dois que não vão participar do "Parabéns a você".

Vinícius ficou mais algum tempo imóvel no muro, sem saber direito que atitude tomar. O choro o tinha aliviado e ele se sentia melhor. Mas sem nenhuma disposição para cantar "Parabéns" ou para suportar a algazarra de um concurso de fantasias. Retornar à festa naquele estado faria com que ele se sentisse um anão prestes a entrar num jogo de basquete. Ir para casa dormir era a atitude mais aconselhável e, na hora em que ele pensou nisso, ouviu os passos de Bianca, que descia correndo a rampa de acesso à varanda.

— Por favor, Vi, você pode me levar pra casa?

A voz trêmula indicava o quanto ela estava nervosa. Vinícius ainda olhou para cima, tentando localizar Fernando, mas a varanda estava deserta. Ele então saltou do muro e começou a caminhar ao lado dela, evitando, porém, encará-la para que ela não notasse seus olhos inchados. Por dois quarteirões, eles caminharam em silêncio. Vinícius ia de cabeça baixa e com as mãos no bolso do uniforme listrado. Uma pessoa desavisada que os visse iria achar muito estranho aquele casal formado por um presidiário e por uma hippie. Até que Vinícius criou coragem e perguntou o que estava acontecendo.

— Eu e o Fê não estamos nos entendendo. A gente discutiu feio agora há pouco. Ele diz que quer conversar, mas não está em condições para isso, pois bebeu além da conta.

— É fogo isso — Vinícius disse, olhando de relance para ela.

— Eu não gostei quando ele te abandonou lá no casarão. Podia ter acontecido uma coisa muito ruim com você. E o Fê insiste em dizer que qualquer um teria feito o mesmo naquela situação.

Vinícius aproveitou a chance de parecer nobre:

— Hum, acho que ele está certo. O que você acha que ele poderia ter feito?

— Ah, sei lá, Vi. Mas me diga uma coisa: se você estivesse no lugar dele não teria tentado alguma coisa?

— Não sei, Bianca, é difícil dizer. Mas o importante é que nada aconteceu e eu não vejo motivo pra vocês brigarem...

Bianca suspirou e sorriu:

— E tem mais: agora ele deu pra ter ciúmes de você.

— De mim? — Vinícius espantou-se. — Mas eu não fiz nada...

— Pois é, mas o Fê insiste em dizer que você está dando em cima de mim e que eu estou fazendo o seu jogo.

Foi Vinícius quem riu desta vez. E mentiu:

— Que absurdo... A gente é amigo, pô!

— Pra você ver como as coisas estão. Precisa ver como ele ficou só porque ontem a gente apareceu junto na Mil Coisas na hora do almoço. Imagine que agora lá na festa ele queria conversar com você sobre isso. Eu não deixei porque ele está muito bêbado. E a gente acabou discutindo.

Vinícius limitou-se a movimentar a cabeça.

— Que ele é ciumento eu já sabia, mas acho que agora está exagerando.

Como Vinícius permaneceu em silêncio, ela continuou:

— Eu acho tudo isso uma grande besteira dele. Ou então, se eu estiver errada, me diga: você está apaixonado por mim?

Ao mesmo tempo que fez a pergunta, Bianca parou e praticamente obrigou Vinícius a encará-la. Nesse momento, ele teve a impressão de que cessaram todos os ruídos e a cidade entrou num silêncio absoluto, e só ouvia seu coração batendo.

Vinícius lamentou não ter bebido mais na festa, calculando que um pouco mais de álcool no sangue daria a coragem que faltava para a frase que ele precisava dizer naquele instante. Bianca, que ainda o encarava séria, repetiu a pergunta:

— Me diga, Vi, você está apaixonado por mim?

Nos dias seguintes, essa cena seria revivida diversas vezes na cabeça de Vinícius, e ele sempre se perguntaria onde tinha arrumado coragem para pronunciar a palavra que fez Bianca baixar os olhos e morder os lábios.

— Estou — disse, sem reconhecer a própria voz, como se outra pessoa tivesse falado por ele.

Depois de alguns segundos, Bianca voltou a andar, sem nada dizer. E Vinícius fez o mesmo, caminhando ao seu lado, mas evitando olhá-la. Os sinos do relógio da igreja na praça central iniciaram suas doze badaladas, marcando o final daquela sexta-feira.

As calçadas da rua em que Bianca morava eram ocupadas, a intervalos regulares, por árvores antigas, que criavam longas zonas de escuridão. Foi numa dessas árvores que Bianca encostou-se, assim que chegou em frente de casa. Vinícius parou à sua frente, de braços cruzados. Os carros parados de ambos os lados da rua já estavam úmidos de sereno.

— E agora? — Bianca murmurou, enquanto tirava a peruca encaracolada e agitava a cabeça, liberando os cabelos loiros.

— E agora o quê? — ele retrucou, sentindo-se aliviado, por ter revelado a ela o que sentia, e também tenso, por não saber o que iria acontecer.

— O que você acha que eu devo fazer?

— Não sei, Bianca — Vinícius respondeu, descruzando os braços e passando as costas da mão pela boca.

— Eu quero te dizer uma coisa: eu gosto muito do Fê...

— Eu sei disso — Vinícius disse, interrompendo a frase dela.

— ... mas ao mesmo tempo gosto também de você.

Vinícius encarou-a. Bianca riu, nervosa:

— É, eu estou confusa, dá pra acreditar? Faz tempo que eu percebi que gostava dos dois e não sabia o que fazer. Então eu deixei as coisas rolarem, pra ver se algo acontecia... Sabe aquela história de deixar o destino decidir?

— E aí o Fernando tomou a iniciativa... — Vinícius comentou, maldizendo sua timidez mais uma vez.

— É, foi isso que aconteceu. No começo, eu fiquei superfeliz. Mas, depois, ver que você estava triste daquele jeito começou a me incomodar. Tanto que eu fui até a sua casa no domingo passado, lembra? Eu não aguentava te ver sofrendo e sabia que tinha alguma coisa a ver comigo...

— Eu não podia fazer nada, Bianca. O Fernando é meu amigo — Vinícius mentiu, tentando justificar o que a timidez o impedira de fazer.

— Quer saber de uma coisa engraçada? Agora há pouco, vendo a Vânia te abraçar lá no portão da casa dela, eu fiquei louca da vida. Acho que isso é ciúme, né?

Vinícius riu. E perguntou:

— E o que você quer que eu faça?

Nesse momento Bianca franziu a testa, pois notou que uma luz fora acesa no interior de sua casa.

— Ué, que coisa estranha: tem alguém dentro da minha casa — ela disse, olhando atentamente para a janela que, de repente, ficara iluminada.

— Imagina, Bianca. Você deve ter esquecido a luz acesa.

— É no meu quarto, Vi. Tenho certeza de que desliguei todas as luzes quando saí para a festa.

Vinícius deu alguns passos na direção do portão, sem tirar os olhos da janela. Bianca o acompanhava de perto, segurando em seu braço. Quando atravessaram o pequeno jardim e chegaram à frente da casa, Vinícius notou que a fechadura fora removida e usou o dedo indicador para empurrar a porta, que se escancarou.

— Alguém arrombou esta porta, Bianca — ele disse, indeciso quanto ao que fazer em seguida.

— Ai, meu Deus, um ladrão! — Bianca exclamou, apoiando-se melhor em Vinícius. — Vamos chamar a polícia...

Colocando o corpo para dentro da sala da casa, Vinícius acionou o interruptor, iluminando-a. O silêncio era esmagador.

— Cuidado, Vi. E se o ladrão ainda estiver aí dentro?

— Calma, Bianca. Não há ninguém aqui. Vamos ver o que aconteceu e telefonamos para a polícia.

Com os ouvidos atentos a qualquer ruído, o casal entrou na sala da casa. Numa análise rápida, Bianca notou que nada parecia estar fora de lugar. Puxado pela mão, Vinícius seguiu Bianca pelo corredor, na direção da porta que projetava um retângulo de luz na parede. Bianca deu um grito quando conseguiu olhar para dentro de seu quarto: parecia que um tufão havia passado por ali. Todas as gavetas da cômoda estavam puxadas e vazias, e as roupas se espalhavam pela cama e pelo chão, numa grande confusão de cores. O guarda-roupa embutido tinha suas portas escancaradas e tudo estava totalmente revirado. Havia sapatos e tênis jogados pelos quatro cantos do quarto. Papéis, livros e revistas ocupavam espaço no chão e sobre a pequena mesa que existia ao lado da cama, sobre a qual havia uma máquina de escrever portátil. Bianca permaneceu alguns segundos paralisada, com as mãos no rosto, incapaz de qualquer reação diante daquele caos.

— Vamos chamar a polícia — sugeriu Vinícius, tentando tirá-la do torpor.

Como se não tivesse ouvido nada, Bianca avançou para dentro do quarto e, abaixando-se, recolheu os pedaços de um

— Por enquanto, nada foi roubado — anunciou uma voz que pareceu familiar a Vinícius.

vidro de perfume. Ainda agachada, ela ergueu um porta-retratos, que tinha o vidro espatifado, e Vinícius, que estava apoiado no batente da porta, percebeu que lágrimas escorriam pelo rosto dela.

— Vamos telefonar, Bianca. Enquanto a polícia não chega, a gente pode checar o que é que foi roubado.

Logo depois de dizer a frase, Vinícius teve um sobressalto, pois alguma coisa cutucou suas costas — o cano de um revólver.

— Por enquanto, nada foi roubado.

Ao ouvir a voz, Vinícius teve, num átimo, a impressão de que ela era familiar. Mas, na sequência, ele foi empurrado para dentro do quarto. E teve de voltar-se para conseguir ver quem o empurrara, ligando então a voz à pessoa conhecida.

17

Segredos revelados

A surpresa de ver o dono da lanchonete Mil Coisas apontando-lhe uma arma fez com que Vinícius perdesse o equilíbrio. E, para evitar uma queda, ele acabou sentando-se na cama. Bianca permaneceu abaixada, estática, tão surpresa quanto ele.

— Muito bem, meninos, eu não vou machucar vocês. Só quero o que me pertence — Alfeu disse, ocupando com seu corpo o espaço da porta do quarto.

— Do que é que você está falando? — Bianca conseguiu balbuciar, em meio a lágrimas, ainda inconformada com a bagunça em que se tinha transformado seu quarto.

— Eu só quero aquilo que vocês tiraram lá do casarão do professor — Alfeu respondeu, elevando o tom de voz, e o casal notou que a mão que empunhava o revólver estava trêmula. — Aquilo é meu, ouviram? Vocês entraram lá e me roubaram!

— Espera aí, Alfeu — Vinícius disse, abrindo os braços. — Você está falando das fotos do professor que a gente pegou?

— Não banque o espertinho. Eu sei que lá dentro havia um tesouro. O próprio professor falou disso pra mim. Mas vocês entraram lá e pegaram.

A frase de Alfeu fez com que Bianca e Vinícius se entreolhassem, ainda sem compreender direito o que estava acontecendo.

— Vamos! — ele gritou. — Onde é que vocês esconderam?

— Mas esconderam o quê? — Vinícius também gritou.

— O tesouro, o *meu* tesouro. Aquilo que o professor encontrou no sótão da casa — quando o dono da Mil Coisas falou, seu olhar ganhou um brilho insano, que assustou ainda mais Bianca e Vinícius.

— Olha, Alfeu, acho que você está cometendo um engano — Vinícius avisou, ao mesmo tempo em que fazia menção de levantar-se da cama.

Um movimento do revólver, porém, fez com que ele continuasse sentado.

— Não sei de que tesouro você está falando, mas as únicas coisas que a gente pegou no casarão foram as fotos do professor e um caderno velho — Vinícius explicou, olhando para Bianca.

— Vocês estão mentindo — Alfeu bradou. — Eu já entrei lá várias vezes e não encontrei nada de valor. Cadê as joias, o dinheiro? O velhote me disse que tinha encontrado um tesouro. Isso tudo é meu!

Bianca e Vinícius nunca tinham visto Alfeu tão transtornado. A expressão de seu rosto e a maneira como ele falava e como agitava perigosamente a mão com a arma deixavam claro para eles que o dono da Mil Coisas estava totalmente fora de si.

— Mostra pra ele o que a gente pegou no casarão — Vinícius colocou a mão no ombro de Bianca, tentando manter a calma e, ao mesmo tempo, acalmar o homem que lhes apontava o revólver.

Sem tirar os olhos de Alfeu, ela se virou e puxou a sacola, que estava sob a cama, oculta pela barra da colcha. Abrindo-a, retirou e exibiu as fotos e o caderno. O homem deu um passo para dentro do quarto e arrancou o caderno da mão de Bianca, deixando cair as fotos do professor Eusébio Guedes.

— O que é isso? — Alfeu perguntou, folheando desajeitadamente o caderno.

— Esse é o tesouro mencionado pelo professor, pode acreditar — Vinícius disse. — Ei, veja com cuidado, isso é muito valioso.

— Esta porcaria aqui? Veja o que eu faço com isso — Alfeu franziu os lábios e, num movimento rápido, rasgou a capa do caderno.

— Não faça isso, pelo amor de Deus! — Bianca berrou. E só não avançou na direção de Alfeu porque foi contida por Vinícius.

— Escute, Alfeu. Este é um caderno com poemas do Sandoval Saldanha. É valioso. É por isso que o professor dizia que era um tesouro.

Ao ouvir o que Vinícius acabara de dizer, Alfeu passou por uma grande transformação. Primeiro seu corpo todo começou a tremer de forma descontrolada. Em seguida arregalou os olhos e pôs-se a gargalhar, enquanto rasgava as páginas do caderno.

— Ah, ah, ah, esse era o tesouro do velhote? Ah, ah, ah. Poemas do pinguço vagabundo. Olhem só o que eu faço com isso, ah, ah, ah.

— Não! — Bianca gritou e tentou se levantar. Vinícius puxou-a pelos ombros e manteve-se agarrado a ela, pois percebeu que Alfeu estava passando por uma espécie de transe. E não hesitaria em atirar.

— Tesouro, essa é boa! Isso não vale nada. E o idiota do velhote morreu por causa disso, ah, ah, ah, ah...

A frase provocou um sobressalto em Vinícius e Bianca. E ambos olharam assustados para o homem que rasgava o caderno com gestos enlouquecidos.

— Não faça isso, Alfeu, por favor — Bianca conseguiu suplicar, vendo que as valiosas folhas iam virando pequenos pedaços de papel.

— Faço o que eu quiser com isso. Não vale nada, mas é meu. Vocês sabem disso? É meu! O velhote teimoso não quis me entregar. Foi por isso que ele morreu, por causa desta porcaria.

Bianca abraçou-se a Vinícius, como se buscasse proteção:

— Do que ele está falando, Vi? Ele matou o professor?

A resposta de Alfeu foi um longo riso demente. Quando terminou, ele lançou um olhar frio e ausente na direção dos dois:

— Ele tinha me falado do tesouro e foi por isso que eu entrei no casarão. Acontece que o velhote voltou antes da hora e me pegou fuçando por lá. Quando eu disse que estava lá para pegar o que me pertencia, ele não quis me entregar. Imaginem: ele tentou reagir. Aí aconteceu o acidente: eu quebrei o pescoço do velhote.

— Meu Deus — a voz de Bianca soou aflita —, quer dizer que o professor não se matou?

— Fui eu que tive a ideia de pendurar o velhote, pra que todos pensassem que ele tinha se matado, ah, ah. Não foi uma boa?

— Assassino! — Bianca teve um acesso de choro, escondendo o rosto no peito de Vinícius.

De repente, Alfeu baixou a cabeça e seu rosto tornou-se sombrio:

— Tudo por causa desta porcaria... Eu vasculhei o casarão várias vezes, mas não ia achar isso nunca.

Vinícius compreendeu naquele instante que tinha sido Alfeu o homem que invadira o casarão quando eles estavam lá dentro, dois dias antes. E, vendo o estado em que ele se encontrava ali, sentiu um arrepio atrasado com a possibilidade de que o homem o tivesse descoberto em seu esconderijo sob a cama.

Alfeu então voltou a rasgar as páginas do caderno, enquanto balançava a cabeça.

— Pra que destruir o caderno, Alfeu? Não é o tesouro que você esperava, mas tem valor para outras pessoas... — Vinícius falou, cheio de temor quanto à reação que isso provocaria no homem.

Ele levantou os olhos e permaneceu imóvel por alguns segundos. Depois riu, feroz:

— O caderno é meu. O velho pinguço era meu pai, era meu pai, ah, ah, ah...

Vinícius calculou que Alfeu endoidara de vez. Mas ele prosseguiu falando:

— O canalha do Sandoval Saldanha era meu pai, vocês não sabiam? Minha mãe sempre me escondeu isso, mas eu sei que ele era o meu pai. Acho que ela tinha vergonha de ter gostado de um vagabundo, que sempre deixou ela na pior. Sandoval nunca deu um tostão pra nós. Só vivia pra beber e pra escrever. Eu só estou cobrando a dívida. Olha o que eu faço com essa porcaria.

E acabou de destruir o que restava do caderno.

Vinícius mordeu os lábios e apertou Bianca num abraço quando Alfeu abriu a mão e um derradeiro resto de papel picado caiu no chão. E agora, o que ia acontecer, ele se perguntou, trêmulo. O dono da Mil Coisas baixou a cabeça e ficou olhando para o revólver, dando a impressão de não compreender direito o que aquilo estava fazendo na sua mão. Foi então que um ruído vindo da sala fez com que ele saltasse, alerta, como se tivesse saído do transe em que se encontrava.

Alfeu olhou para o corredor e depois para Bianca e Vinícius. Seus olhos eram pura selvageria quando ele falou:

— Vamos ver quem chegou aí. Vocês dois fiquem quietinhos aqui. Um pio e eu uso isto aqui, entenderam?

Alfeu nem precisaria ter agitado o revólver na direção do casal para que eles compreendessem que ele falava sério. Os dois se encolheram instintivamente quando o homem os encarou, antes de sair do quarto e trancar a porta.

— Vi, ele está louco, completamente louco — Bianca sussurrou. — O que nós vamos fazer?

— Vamos sair daqui já.

Vinícius levantou-se da cama e aproximou-se da janela. Mas não chegou a esboçar nenhum gesto, pois viu a grade que protegia o quarto. Ele então baixou a cabeça, desanimado. Nesse momento, um novo barulho na sala fez com que ele e Bianca se aproximassem da porta, na tentativa de entender o que se passava.

18

Uma dupla do barulho

Enquanto Alfeu ainda rasgava o caderno e ameaçava Vinícius e Bianca, uma dupla ruidosa surgiu no portão da casa: Fernando, que andava de modo trôpego, e Rafael, que o apoiava, praticamente carregando-o.

— Eu... eu vou acertar as coisas, *voxê*... *voxê* vai ver. Ela pensa que eu sou trouxa? — Fernando falou, lutando com dificuldade com as palavras.

— Deixa disso, rapaz. Você não consegue nem falar direito. Vamos cuidar dessa bebedeira primeiro. Depois você conversa com a Bianca e com o Vinícius — Rafael sugeriu, sem conseguir impedir que o precário equilíbrio de Fernando os arrastasse, fazendo com que os dois esbarrassem no portão.

— Eu *ssstou* bem. Quer ver?

Apoiado no ombro do amigo, Fernando tentou fazer um quatro com as pernas, o que quase os levou ao chão. Rafael agarrou-o:

— Não estou falando? Deixa eu te levar pra casa, você dorme e sara desse pileque. E amanhã você resolve as coisas...

— Nada *dicho*. Eu vou falar com os dois agora mesmo. O Vinícius vai ver uma coisa...

Rafael continuou tentando fazer com que Fernando desistisse, mas ele estava tão irredutível quanto embriagado. O gigante ainda alegou que precisava voltar à festa, para apanhar a lambreta que pegara emprestada na oficina de um amigo. Porém foi inútil. E, aos tropeços, eles atravessaram o jardim na entrada da casa de Bianca. E, como a porta estava aberta, entraram direto para a sala. Fernando perdeu o equilíbrio e, para não cair, apoiou-se no sofá, arrastando-o. E foi esse o ruído que despertou a atenção de Alfeu.

Ele esgueirou-se pelo corredor, pronto para surpreender quem tinha chegado. E quando avistou a dupla, parou, de arma em punho.

— Hã? Ah, oi, Alfeu — Rafael, que lutava para erguer o companheiro bêbado, forçando as mãos sob as axilas dele, olhou de relance para o dono da Mil Coisas, sem notar de imediato o revólver que ele segurava. — Você está vendo o estado em que está essa figura aqui? A gente estava na festa de aniversário da Vânia e ele bebeu demais e discutiu com a Bianca. E agora quer brigar com o Vinícius, que trouxe ela pra casa, vê se pode...

Rafael não terminou a frase, pois nesse instante notou o revólver.

— *Ssstou* bem, sim, Alfeu. Eu só quero falar com a Bianca e com aquele... aquele... o *Viníxius*... — Fernando balbuciou.

— Vocês não vão poder ver os dois agora. É melhor irem embora — alertou Alfeu.

Rafael se manteve imóvel, segurando o corpo curvado de Fernando e tentando entender o que estava acontecendo ali.

— Não saio daqui enquanto não falar com aquela... — Fernando voltou a falar com a voz engrolada.

— Dá um tempo, Fernando — Rafael, irritado, empurrou-o para o sofá. — Mas o que está havendo, Alfeu? Pra que esse revólver? Cadê a Bianca e o Vinícius?

— Fica na sua, Rafael, é melhor dar o fora sem fazer perguntas — Alfeu grunhiu, o brilho insano retornando ao seu olhar.

Por instinto, o gigante tensionou os músculos do corpo, como se fosse um bicho pronto para um bote. Mas a arma apontada para seu peito o manteve imóvel. Mesmo sem entender direito o que se passava, Rafael sentia que algo estava errado naquela casa. E ainda pensou em deixar tudo de lado e em voltar à festa de Vânia, para pegar a lambreta. Mas ele não era de deixar amigo abandonado. Ficaram então ele e Alfeu, olhos nos olhos, como se estivessem hipnotizados.

Só que Fernando os surpreendeu. Com um arranque repentino, levantou-se do sofá e, mesmo tropeçando, avançou na direção de Alfeu, na tentativa de passar por ele e chegar ao quarto.

— Ei! — o grito foi a única reação possível de Rafael.

Diante do avanço de Fernando, Alfeu retrocedeu um passo, evitando que as mãos bêbadas se apoiassem nele. E só teve o trabalho de usar o revólver para desferir uma coronhada na cabeça do rapaz, que desabou pesadamente no chão. Nocaute.

Foi um movimento rápido — mas Rafael foi ainda mais veloz. E quando Alfeu endireitou o corpo, o gigante tinha vencido com um salto a distância que havia entre os dois. E o punho fechado atingiu com violência o queixo do dono da Mil Coisas.

Grogue, Alfeu deixou cair a arma e apoiou-se na parede. Com as mãos fechadas à frente do corpo, Rafael investiu com tudo para cima dele. Bem que o homem tentou esboçar uma reação, mas nem chegou a usar as mãos: Rafael deu uma violenta cabeçada, que acertou em cheio seu nariz. Numa fração de segundo, passou pela cabeça de Alfeu a ideia de recuperar o revólver que caíra no chão, mas ele tomou uma joelhada no estômago, que o obrigou a curvar-se de dor. Tonto, nem percebeu o último golpe, que fez com que tudo escurecesse.

O gigante ficou algum tempo parado no meio da sala, mantendo os braços em posição de luta, tendo a seus pés o homem desacordado. Na sequência, Rafael foi em socorro de Fernando, agachando-se junto ao corpo do amigo. Mas, depois de três tapas suaves no rosto, desistiu de acordá-lo. Fernando estava bem, ele percebeu, apenas dormia embalado pela bebida. Tanto que roncava de boca aberta. Rafael levantou-se pensando no que fazer. E gritou por Bianca.

No quarto, no momento em que os ruídos da luta cessaram, Vinícius sentiu-se aflito por não saber o que havia ocorrido na sala. E aguardou. Aí ouviu o nome de Bianca sendo gritado e sorriu, reconhecendo a voz de Rafael. Ela gritou de volta para o gigante, dando a indicação de onde se encontravam.

— Hum, tem um cara lá na sala que vai ficar doente se souber que vocês dois ficaram trancados aqui — disse Rafael, no momento em que abriu a porta do quarto, numa típica demonstração de seu humor.

— O Fê está aqui? — Bianca assustou-se e correu para a sala.

— Fique calma, Bianca, ele está apenas dormindo por causa do pileque — Rafael avisou, rindo. — E o Alfeu está nocauteado...

E foi nesse momento que aconteceu uma grande surpresa para Vinícius. Ele já estava saindo do quarto, quando a máquina de escrever sobre a mesa de estudos de Bianca chamou sua atenção. Havia um papel com um texto iniciado na máquina e ele tomou um susto quando conseguiu ler o que estava escrito. De repente, Vinícius começou a rir e Rafael, pensando que a reação tinha algo a ver com suas frases, prosseguiu falando:

— Acertei o Alfeu de jeito, você precisava ver. O bestalhão achou que podia me encarar, eh, eh...

— Precisamos chamar a polícia, Rafa — Vinícius comandou, praticamente empurrando o gigante para fora do quarto e evitando que ele visse o papel na máquina.

Ajoelhada, Bianca estava tentando fazer com que Fernando acordasse. Vinícius perguntou a Bianca se havia alguma corda na casa e, diante da resposta afirmativa, pediu que Rafael amarrasse Alfeu. Em seguida, pegou o telefone e discou o número da polícia.

— Você quer mesmo que eu amarre ele? — o gigante perguntou, examinando os estragos que havia feito no rosto de Alfeu. — Acho que ele não vai acordar tão cedo.

— É melhor, Rafa. Cuida disso, por favor. Ah, alô, é da delegacia? Olha, é uma emergência...

Enquanto Vinícius falava ao telefone, Rafael pegou o rolo de corda de náilon que Bianca fora buscar e iniciou seu trabalho. Quando terminou, sentou-se no sofá ao lado de Vinícius e perguntou:

— Mas o que é que aconteceu aqui, afinal de contas?

— Hum, é uma longa história, Rafa. Quando a polícia chegar, eu conto tudo e aí você vai entender. Você salvou a nossa vida. O Alfeu é um assassino.

— Sério? — espantou-se Rafael.

— Ele assassinou o professor Eusébio...

— Mas o professor não se matou? — Rafael sentiu-se ainda mais confuso.

A conversa entre os dois foi interrompida pela voz nervosa de Bianca:

— Gente, não é melhor levar o Fê até o hospital? Ele não está legal...

— Que nada, Bianca, é só bebida. Vamos levar ele pro banheiro. Você vai ver: depois que vomitar, ele fica novinho em folha outra vez — opinou Rafael.

E se levantou para ajudar Bianca a carregar Fernando para o banheiro. Vinícius permaneceu na sala, à espera da polícia, ouvindo os gemidos de Fernando, que se queixava do fato de Rafael estar tentando enfiar o dedo em sua garganta.

A viatura da polícia encostou na porta da casa bem no momento em que Alfeu voltava a si e descobria, surpreso, que estava amarrado. O investigador Pereira, um homem baixo e atarracado, de cabelos grisalhos, entrou acompanhado de dois policiais fardados. Vinícius estava narrando o que se passara ali, quando Bianca e Rafael retornaram do banheiro. Fernando chegou pouco depois: estava com os cabelos molhados, olheiras e expressão de quem já sofria com a ressaca. Tanto que se limitou a sentar-se silencioso e cabisbaixo numa poltrona. Pereira ouviu calado o relato de Vinícius, que a todo instante era interrompido por Bianca, para o acréscimo de algum detalhe — incluindo as peripécias que eles viveram quando invadiram o casarão da praça e retiraram de lá as fotos do professor Eusébio e o caderno do poeta Sandoval Saldanha. Depois de ouvir a história por quase meia hora, o investigador se levantou e pediu que os policiais levassem Alfeu para a viatura.

— Bom, eu preciso que um de vocês me acompanhe até a delegacia para registrar a ocorrência. Quem é que vai comigo? — o investigador perguntou, enquanto observava o trabalho dos policiais, que liberavam o dono da Mil Coisas da corda de náilon e o algemavam.

Vinícius, Bianca e Rafael se entreolharam. E a tarefa sobrou para o primeiro, já que Rafael precisava apanhar a lambreta na casa de Vânia e Bianca avisou que ficaria para cuidar de Fernando. A rua continuava deserta quando Vinícius e o investigador Pereira deixaram a casa e subiram na viatura. Mas se alguém visse aquela cena, com certeza iria achá-la muito engraçada — especialmente no momento em que

— Bom, eu preciso que um de vocês me acompanhe até a delegacia. Quem é que vai comigo?

Vinícius, vestido com a fantasia de presidiário, entrou no carro da polícia.

— Então quer dizer que o Alfeu é mesmo filho do Sandoval Saldanha... — o investigador Pereira comentou, como se falasse com ele mesmo.

— Foi isso que ele disse — confirmou Vinícius, enquanto a viatura se afastava da rua em que Bianca morava.

— Sabe que antigamente havia o boato de que ele seria filho do Sandoval, que teve casos com muitas mulheres durante sua vida. Só que o Sandoval não assumia nada. E esse boato acabou esquecido. Agora está confirmado. E, quando o professor falou em descoberta valiosa, o Alfeu deve ter enxergado isso como uma forma de reparação pelos anos de dificuldade que a mãe atravessou para poder criá-lo.

— O que vai acontecer agora? — quis saber Vinícius.

— Bom, vamos pedir a exumação do corpo do professor, pra confirmar o assassinato. Faltou pouco para o plano do Alfeu dar certo. Todo mundo achou estranho, mas ninguém contestou o suicídio. Se não fossem vocês...

— Mas se o Rafael não tivesse chegado...

— Acho que vocês estariam em perigo, pois, como você disse, o Alfeu estava completamente fora de si.

— Você precisava ver o jeito de louco dele...

— De qualquer maneira, acho que vocês têm uma ótima história para o jornal *Agora*, não é mesmo? — Pereira comentou, sorrindo, para espanto de Vinícius.

— O senhor conhece o nosso jornal?

— Claro, rapaz. E gosto muito. Meu filho caçula estuda no Paulo Ferreira e trouxe o jornal para casa. Espero que vocês contem essa história no próximo número...

— Bom, o próximo número fica pronto semana que vem. É uma homenagem ao professor Eusébio. Aliás, foi por causa disso que a gente entrou no casarão. Mas ninguém podia imaginar que, por causa disso, esse monte de coisas ia acontecer...

— A propósito, me mate uma curiosidade: quem é o Sombra que faz aquela coluna de fofocas?

— Ninguém sabe — Vinícius sorriu. — A gente recebe a coluna num envelope anônimo.

Quando Vinícius deixou a delegacia, o sol começava a aparecer no horizonte. Era a segunda vez naquela semana que ele via o dia clarear.

19

A identidade do Sombra

Vinícius dormiu muito pouco e no sábado, logo depois do almoço, foi até a casa de Bianca, pois tinha muita coisa para conversar com ela. Ficou claro que já tinham assunto para uma próxima edição do *Agora*, com desdobramentos que mudavam completamente as circunstâncias da morte do professor Eusébio Guedes. Teve uma hora na conversa que Vinícius virou-se para Bianca e disse:

— Eu estava certo quando disse que o Sombra era uma mulher, né?

Bianca ficou pálida e gaguejou:

— Mas... mas do que você está falando?

— Ora, Bianca, você é o Sombra. Eu vi um texto na máquina de escrever no seu quarto. Eu nunca iria desconfiar de você. Só acho que está na hora de mandar consertar aquele "n" desalinhado...

Ela corou ao perceber que seu segredo estava revelado.

— Ai, que marcada! Eu esqueci aquele texto começado na máquina. Mas, naquela confusão toda, você ainda conseguiu reparar nisso?

— Pois é. Mas fique sossegada: não pretendo contar isso pra mais ninguém, para não perder a graça.

— Bom, agora então todas aquelas coisas que escrevi sobre você devem estar fazendo sentido, né?

— É, principalmente com aquela conversa que a gente teve antes de ontem à noite... Quer continuar aquele papo?

Bianca desconversou:

— Na quarta-feira por muito pouco você não me pegou em flagrante quando eu enfiei o envelope com a coluna por baixo da porta, né?

— É verdade. Eu saí no corredor, mas não vi nada. Afinal, onde é que você se escondeu?

— Eu entrei numa das classes. E quando você abriu a sala, eu estava escondida atrás da porta. Que susto, sô! Eu até prendi a respiração — ela contou, sorrindo. — Eu fiquei de me encontrar com o Fê no colégio e fui bem antes, imaginando que você ainda não tinha chegado. Só percebi a luz acesa na redação depois que coloquei o envelope sob a porta. Aí, tive que fugir...

Houve um momento de silêncio incômodo entre os dois. Coube a Bianca quebrá-lo, exibindo um saco plástico cheio de papel picado:

— Olha aqui o caderno do Sandoval. Eu recolhi lá no meu quarto. Acho que, se colarmos pedacinho com pedacinho, dá pra recuperar o caderno.

— Credo, vai dar um trabalhão — Vinícius avaliou, olhando o monte de papel amarelado dentro do saco.

— Ué, vai ser como montar um quebra-cabeça, você não acha?

Novo silêncio entre os dois. E, desta vez, foi Vinícius quem falou, voltando à carga:

— Bom, acho que a gente deveria continuar aquela nossa conversa...

Bianca estalou os dedos das mãos:

— É... Acho que precisamos mesmo terminar aquele papo... Onde é que a gente tinha parado?

— Bem na hora em que você viu a luz acesa aqui dentro — Vinícius brincou e riu, disfarçando o nervosismo.

— Sabe, quando você foi para a delegacia e o Rafael foi embora, eu tive uma longa conversa com o Fê. Ele está arrependido da bebedeira e morrendo de vergonha das coisas que fez. Acho que a gente conseguiu fazer as pazes...

— Que bom — Vinícius comentou, ácido.

— Espera aí, Vi, eu te disse que estava dividida e confusa. Eu ainda não sei o que vai acontecer. Gosto muito de você, sabe? Mas eu não gostaria de magoar o Fê...

— Eu não estou pedindo nada... — Vinícius retrucou, cruzando os braços quando Bianca tentou tocá-lo.

— Ah, Vi, não fica assim... Não quero que você fique triste, pô! Eu gosto dos dois, você não acredita nisso?

— Acredito. Só que não é possível ficar com os dois, não é mesmo? — Vinícius levantou-se do sofá.

— O que você faria no meu lugar? — Bianca também se levantou e olhou para ele, que baixara a cabeça.

— Nada... — Vinícius murmurou.

— Me entenda, Vi, por favor. Eu não posso fazer nada neste momento. Vamos dar um tempo pra ver o que acontece...

— Tempo... — ele repetiu, levantando a cabeça. — A gente sempre deixa pra ele quando não tem coragem de decidir as coisas, né?

Bianca balançou a cabeça e voltou a sentar-se. Vinícius ficou imóvel, olhando-a por alguns segundos. Aí, respirou fundo e foi embora.

Bianca não esboçou nenhum gesto para detê-lo. Apenas curvou o corpo para a frente, apoiando os cotovelos nos joelhos e o queixo nas mãos. E disse um palavrão.

Com as mãos nos bolsos, Vinícius caminhou devagar pela rua arborizada na tarde daquele sábado silencioso. A sensação que o dominava naquele momento era de que ele não tinha para onde ir, não sabia o que fazer e nem conseguia imaginar o que iria acontecer. Em certas épocas da vida, ele refletiu, o futuro demora muito. Era a primeira vez que ele amava. Antes de Bianca, ele tinha ficado com algumas garotas, mas foram namoricos sem mortos ou feridos. Amar, no duro, era a primeira vez que acontecia. E ele deu razão para quem falava que isso é sempre dolorido.

20

Cada coisa em seu lugar

A exumação do corpo do professor Eusébio Guedes comprovou que seu suicídio fora uma simulação. E, julgado por assassinato, Alfeu foi condenado a 20 anos de prisão.

Tempos depois, a prefeitura realmente criou o Museu Sandoval Saldanha no casarão onde o poeta e o professor tinham vivido. Uma das principais peças do museu passou a ser o caderno minuciosamente reconstituído por Bianca. Só assim foi possível a pesquisadores consultá-lo e confirmar que o autor dos poemas inéditos era mesmo Sandoval Saldanha.

A lanchonete Mil Coisas ficou fechada por um bom tempo, até que o dono do imóvel, diante do acúmulo de aluguéis atrasados, deu outra destinação ao prédio — que virou uma loja de roupas masculinas.

O jornal *Agora* continuou saindo, mas a Coluna do Sombra nunca mais tocou no nome de Vinícius — tanto que muita gente no Colégio Paulo Ferreira passou a vê-lo como o autor das fofocas, o que era uma injustiça, pois aos poucos ele foi se afastando do jornal. No segundo semestre daquele ano, Vinícius começou a trabalhar à tarde no jornal da cidade, transformando-se aos poucos num repórter fotográfico de verdade. A partir de então a falta de tempo fez com que ele acabasse se desligando por completo do *Agora* e de seus dois companheiros de equipe. Bianca e Fernando ficaram juntos e prosseguiram com o jornal, auxiliados por outros colegas. A amizade entre os três nunca mais foi a mesma.

Vinícius ainda levou muito tempo para superar a decepção de seu primeiro amor. O trabalho no jornal, em que ele mergulhou com vontade, empenhando-se em aprender os segredos da fotografia jornalística, ajudou muito. Nesse período, ele saiu muito pouco de casa à noite — mesmo nos fins de semana —, preferindo cuidar do pequeno laboratório que montou no quarto dos fundos e aprofundar-se na arte da fotografia. Ele não saberia precisar, mas houve um momento em que percebeu que esquecera Bianca. Talvez tenha sido no dia em que, precisando de espaço para organizar suas fotografias, encontrou o pacote de registros que havia feito dela. Olhou demoradamente para cada uma daquelas fotos. E sentiu que não tinha nada a fazer com elas. Então jogou-as, todas, no cesto de lixo.

Uma noite de sábado, já perto do final do ano, Vinícius surpreendeu até mesmo seus pais, que estavam habituados a vê-lo trancado no laboratório nos finais de semana.

— Vou dar um giro por aí — ele avisou, quando desceu as escadas vindo do quarto, depois de se arrumar e de pentear os cabelos cuidadosamente.

O casal se entreolhou e sorriu. Ainda que nunca tivessem conversado a respeito com Vinícius, os dois sabiam, pelo comportamento do filho, que ele havia descoberto o amor — e também as desilusões amorosas. Naquele dia, ao vê-lo sair animado, eles compreenderam que ele havia sobrevivido.

Andando pelas ruas da cidade no clima ameno de final de primavera, Vinícius teve a sensação de alguém que retorna de um exílio. Olhando os rostos das pessoas e as casas, ele se sentia diferente. Como se estivesse mais velho — embora pouco tempo tivesse decorrido desde que se envolvera na aventura do primeiro amor.

Ele entrou então no Blue, um bar que, depois do fechamento da Mil Coisas, tinha virado ponto de encontro da juventude. Vinícius sentou-se a uma mesa e ficou achando engraçada a impressão que teve ao entrar no bar, de que não conhecia a maioria dos jovens que circulavam por ali. De repente, um rosto conhecido: Vânia. Ela acenou e Vinícius convidou-a para sentar-se com ele.

Como acontece nos bares em qualquer noite de sábado, os dois falaram de assuntos alegres e de assuntos tristes. Vânia, na análise de Vinícius — e com certeza na de muitos outros rapazes que circulavam pelo Blue —, estava mais linda do que nunca. Contemplar seu rosto era como encontrar um lugar para descansar os olhos. Teve uma hora que ela estendeu o braço por sobre a mesa e segurou a mão de Vinícius, que sorriu como há muito tempo não fazia. Não demorou muito e os dois saíram juntos do bar, sem saber direito aonde iriam. Na rua, Vinícius abraçou Vânia e beijou seus cabelos ruivos. Ela retribuiu o abraço e sorriu. Nenhum dos dois disse nada.

Se precisasse falar, Vânia diria que aquela era uma noite bonita e que ela estava muito feliz. E Vinícius, se fosse dizer alguma coisa, citaria Drummond, seu poeta preferido, quando ele diz que "amar se aprende amando".